세상의 모든 어머니는
아무도 죽지 않는다

세상의
모든 어머니는
아무도
죽지 않는다

초판 1쇄 인쇄 2010년 8월 1일
초판 1쇄 발행 2010년 8월 10일

지은이 이우근
펴낸이 정재면
펴낸곳 황금물고기
등록 2003년 12월 5일 제 313-2003-000375호
주소 121-250 서울시 마포구 성산동 226-10 2층
문의전화 02-336-3336 **팩스** 02-325-3339
e-mail egoldfish@naver.com

디자인 남상원
출력 으뜸애드래픽

ISBN 978-89-94154-08-4 13810

황금물고기는 독자 여러분의 참신한 기획과 원고를 기다리고 있습니다.

이우근 산문집

세상의 모든 어머니는 아무도 죽지 않는다

　마음속에 하나의 나라가 있어 틈만 나면 거기로 가서 알몸으로 햇볕을 쬐고 싶다.

　마음속의 악마와 천사들, 잊혀진 사람들, 소중한 사람들, 모두 불러 모아 추억을 밑천 삼아 화투라도 치고 싶다.

　어제의 시간을 적시며 비가 내리면 나는 자살을 꿈꾸리라.

　그리곤 금방 부활하리라.

　시간의 편린들이 사금파리처럼 반짝거리는 강가에 나가서 저물도록 서 있었다.

　물새들이 불심 검문을 하듯 스쳐 지나갔다.

　그렇게 시간은 흘렀고 나는 어른의 나라로 가는 버스에 무임승차를 했다.

　나는 무엇을 하며 지내 왔을까?

　시간이나 도둑질하며 살아오진 않았을까?

부끄러움이 물안개와 함께 어둠 속에 묻혀 가고 있었다.
　반성 없는 기도와 대안 없는 비웃음으로 구겨진 젊은 날의 불손과
방종을 시간의 제단 위에 눕히고 혹형에 처하라는 무서운 판결을 스
스로에게 내린다.
　겸허하게 받아들여야 하리라.

　이제는 사람들의 마을로 돌아가야 한다.
　들판은 너무 춥고 쓸쓸했다.
　무모한 선택은 심판받아 마땅하다.
　저기, 마을의 불빛,
　혹은 희망의 다른 이름.
　거기로 가자.

이우근

내
마음의
초가집

나는 알고 있었다. 할머니의 강한 부정과 삿소리 속에는 그때 나이의 철
없고 세상 물정 모르는 우리들의 치기와 오만함과 편견에 대한 염려와
개발 독재와 군부독재 그 연장선상의 세상에 내던져진 젊은 사람들을
향한 따스한 염려와 서늘한 당부가 숨어 있다는 것을 말이다.

세상의 모든 어머니는
아무도 죽지 않는다

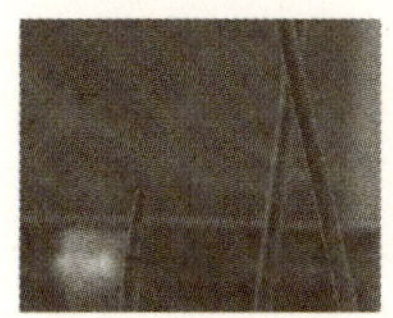

내가 잘 아는 인쇄소의 오 무시기 사장은 천성이 소탈하고 겸손하며, 그러면서도 모나지 않게 강직한 사람이다. 자주 접하다 보면 참으로 고집이 대단한 사람인데도 전혀 그런 티가 나지 않는다는 것이 그이의 진정한 매력이 아닐는지 모르겠다.

그는 철저하리만큼 자신에게 엄격하고 타인에 대해서는 관대하고 배려가 깊다. 어려움이 있어도 그저 싱긋 웃으면서 잘도 참아 낸다.

다만 아쉬운 것은 너무나 자기 주관이 뚜렷하다 보니 흔히 말하는 융통성이 부족해서 원활한 대화나 속 깊은 이야기를 함부로 할 수 없다는 것이 단점이라면 굳이 단점인 사람이다. 그것마저도 남들이 드러내 놓고 불평할 만큼 목소리를 높이는 사람이 아닌지라 그가 그토록 외곬의 고집쟁이인 줄은 잘 모르고 지낸다.

그런 사람이다 보니 주위엔 항상 많은 사람들이 모이기 마련이다.

을지로의 인쇄소 골목이란 게 디자인이나 인쇄, 출판 분야의 사람만 모이는 게 아니라 각 분야의 관계자들이 모조리 몰려드는 장터 같은 곳이다.

그 와중에 일이 잘못 진행되어 인쇄비를 떼먹고 사라지는 사람들이 간혹 있을 뿐만 아니라 종이 값마저 덮어씌워 놓고 줄행랑을 치는 인간들도 종종 있어서 인쇄소 사람들을 곤란하게 만드는 일이 비일비재한 동네다.

오 무시기 사장은 딴 사람에 비해 자주 그런 일을 당하곤 했는데, 이것은 그만큼 그가 사람을 믿고 일한다는 그의 성격에 대한 반증이기도 하다.

그런 일이 생길 때마다 그는 나를 불러다 놓고 소주를 마시면서 구시렁거리곤 했는데, 내가 해줄 말은 기실 아무것도 없었다.

다시는 사람을 믿지 않고 현금을 주지 않으면 일을 받지 않겠노라고 다짐에 다짐을 하곤 했지만, 지나는 길에 들러 보면 그는 또 그 전처럼 그런 일을 묵묵히 하고 있었다. 믿음에는 장사가 없는 법이라 했지만 무엇보다도 그의 성실 앞에서는 여간의 손해도 그리 큰 영향을 끼치지는 않는 듯싶었다.

그러나 모를 일이었다. 왜 그라고 해서 속이 아프지 않겠는가. 그러나 그는 그렇게 흔연히 일에 몰두함으로써 사람에 대한 애증을 희석시키며 나름의 방법으로 세상의 험난한 돌다리를 예쁘게 건너가고 있었다.

나는 그 모습에서 새벽을 뚫고 자라는 죽순을 보는 듯한 신선한 감동을 공짜로 즐기고는 했다. 사실 을지로 인쇄 골목은 구질구질하기 비할 데 없는, 공해의 산실이나 마찬가지인 동네임은 이미 모두가 알고 있는 사실 아닌가?

나는 오 무시기 사장의 천성이 그래서 그렇구나 하고 무덤덤히 그의 성실한 모습을 지켜보며 오랜 시간을 서로 나누었는데, 그의 타고난 성격을 이해할 수밖에 없는 이유를 나는 그 뒤에 가서야 알 수 있었다.

십일월의 어느 날이었던, 그의 어머니가 돌아가셨다는 소식을 듣고

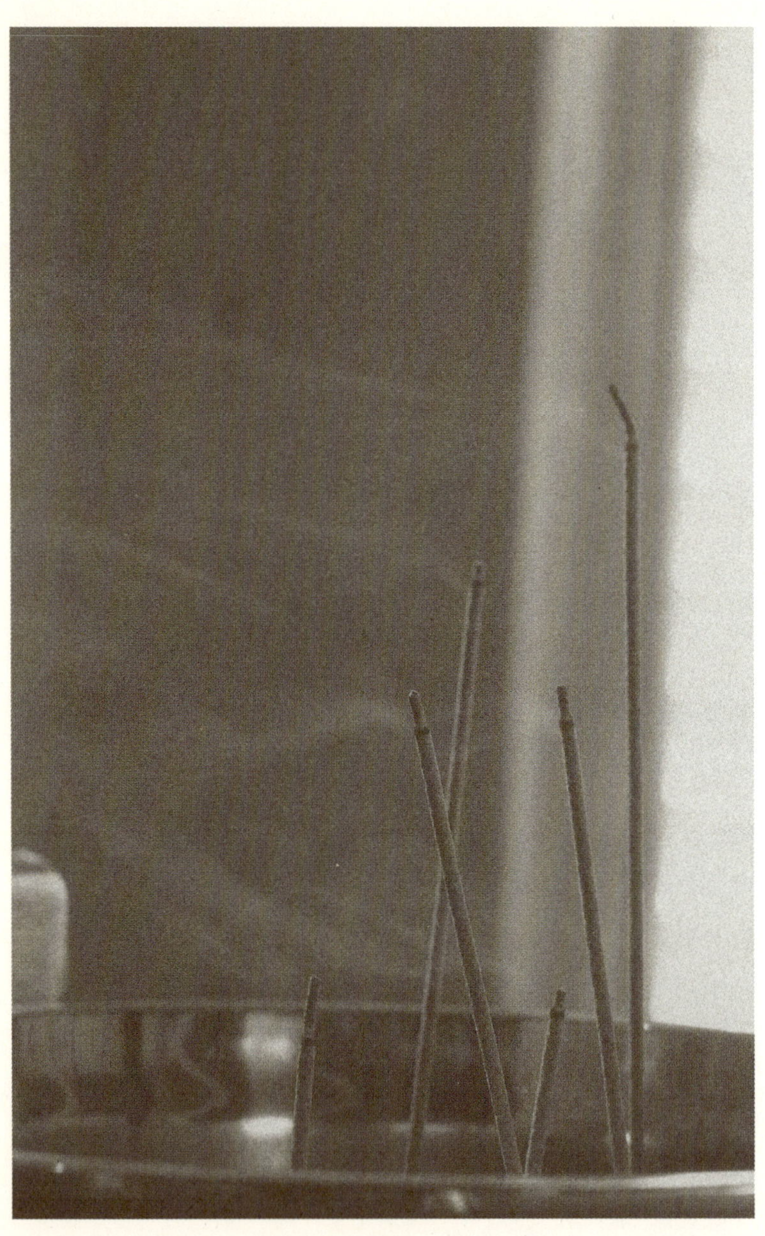

병원으로 문상을 가서 밤을 지새운 일이 있었다. 고향을 떠나온 사람들의 초상집이 다 그렇듯 문상을 온 사람들의 숫자는 그리 많지 않았다.

추풍령 고개 아래의 작은 산골에서 상경해 일가를 이룬 오 무시기 사장이라도 어머니의 죽음의 날까지 손님을 불러 모을 재주는 없는 법이었다. 야심한 시각이 되어 손님들이 뜸해질 무렵, 그가 우리의 자리로 잠시 들렀다. 소주를 주고받고 하다가 그는 참으로 담담하게, 절제된 허무를 가슴에 깔고 조용조용 말했다.

일곱이나 되는 남매를 다 출가시키고 노모는 여유 있는 생활을 즐기며 노후를 보내고 계셨다. 남편이 중풍으로 쓰러져 열 달도 넘게 투병할 때도 남의 손을 빌리지 않고 묵묵히 혼자 그 수발을 하면서 자식들에게 누가 되지 않으려 했던 분이셨다.

큰아들의 큰아들이 장가를 가게 되었을 때, 노모는 덩실덩실 춤을 추었다고 했다. 생전에 손자가 장가가는 모습을 보는 것이 소원이셨는데, 그 꿈을 이루었다는 것이다. 손자의 손자를 보는 욕심까지는 부리시지 않았다고 한다.

그런데 그것이 화근이라면 화근이었다. 추운 날씨에도 불구하고 직접 예식장에 나가서 결혼식을 지켜보았고, 너무 기쁜 마음에 무리하게 몸을 움직였던 모양이다.

그날 저녁 심장에 마비 증세가 와서 급히 입원을 했고, 서둘러 수술을 했는데 결과가 좋게 나와서 모두들 한숨을 돌렸다는 것이다. 다만 큰 형님을 불러 의사가 몇 가지 당부의 말을 했다는 것이다.

위험한 상황은 넘겼으니 안심하셔도 좋지만, 퇴원은 하지 말고 병원에서 지내며 사태의 추이를 지켜보자는 말이었다. 재발하면 중증의 중풍으로 발전해서 식물인간으로 지내야 한다는 말이었다.

거기까지는 좋았다. 그런데 잠든 줄로만 알고 있던 노모가 그 이야기를 우연히 들은 모양이었다. 누군들 생각이나 했으랴, 그 시각에 맑은 정신으로 깨어 계실 줄이야!

식구들은 놀란 가슴을 쓸어 담으며 각자의 집으로 돌아갔다. 중환자실에는 보호자 한 명만 지키게 되어 있어 큰 형님이 남아 있기로 했다.

의사 선생의 말대로 나이 많은 노인이라 몸을 움직이는 것이 힘들어 심장에 무리가 올 뿐, 평소에 워낙 건강했고 또 정상적으로 치료를 받으면 괜찮으리라 생각했던 것이다.

큰 형님도 경황없는 하루를 정리하며 대기실에서 차를 한잔 마시고 잠시 잠을 챙기기도 했다는 것이다.

우리 어머님이 그렇게 허무하게 돌아가실 리 없다는 흐뭇한 생각으로 얼마나 가슴을 다독였을까. 새삼 고마운 어머님이 아니었던가.

그런데 그 어머니가 갑자기 아침에 돌아가셨다는 것이다.

놀란 가족들이 다시 모여들었다. 그러고는 다들 입을 다물 수가 없었다는 것이다.

노모는 몸으로 투약되는 모든 약물의 관을 스스로 거두어들였다.

그리고 마지막으로 산소마스크까지도 혼자서 떼어 냈던 것이다. 그 극심한 고통과 외로움에도 불구하고 신음 소리 하나 내지 않고 조용히 먼 길을 혼자 떠나신 것이다. 웃으면서 떠나신 것이다. 죽음이 물론 혼자 떠나는 것이긴 하지만 너무나 단출하고 깨끗이 떠나신 것이었다. 어수선한 집착과 애끓는 울음을 애써 접어 두고 표표히 떠나신 것이다. 단신單身의 출행出行이었다.

목숨을 정리하는 그 손길은 어떤 마음이셨을까? 당신은 진정으로 기쁘게 떠나신 것일까? 서둘러 떠났다는 자식들의 원망 따위는 안중에도 없었던 것일까? 자식의 안위를 위해 노구의 불필요함을 너무 버거워하지는 않으셨는지? 더딘 목숨의 진로를 거부하고 운명을 개척하는 모진 어머님의 결단으로 우리는 받아들여야 하는가?

무엇이었을까? 살아 생전에 남편의 투병을 지켜보면서, 자식들에게 남겨질 몫이 너무 가혹하다고 생각하신 것일까, 조금이라도 짐이 되지 않으려 했던 무서운 책임감이었을까, 무모한 어머님의 사랑이었을까?

오 사장은 망연한 시선을 허공에 뿌리며 맑은 눈물을 흘렸다. 그리고 그 눈물처럼 맑은 소주를 목젖 깊숙이 뿌리고는 내게 잔을 건넸다. 나는 소주를 받아 마시며 조심스레 느낄 수 있었다. 오 사장의 사람 됨됨이가 누구에게서 어떻게 이어져 왔는지를, 아울러 진정한 강함은 결코 드러나지 않지만 세상의 보이지 않는 울타리가 되며, 아무리 사소한 사랑이라 할지라도 그것이 이 세상에서 얼마나 소중한 희망의 밑그림으로 채색되는지를. 하물며 부모님의 아무런 조건 없는, 무모함에 다름없는 사랑임에랴!

그리고 그가 나아가야 할 세상, 그가 꿈꾸는 세상, 그가 만들어 가야 할 세상이 어떤 세상임을 확연히 느낄 수 있었다. 나는 거기에 적극적으로 동참하기로 결심했다.

그리고 세상의 모든 어머니는 아무도 죽지 않음을 나는 알 수 있었다.

내 마음의 초가집

출근하다시피 하던 막걸리집이 있었다. 변변한 간판도 하나 없어서 우리는 할머니집이라고 불렀다.

세 평이 채 안 되는 선술집이었는데, 때에 전 의자와 판자로 짜맞춘 술상이 허리께 높이에 걸려 있어서 우리는 벽을 마주 보며 술을 마셔야 했다.

어찌 보면 젊은 날의 방종과 치기를 가리기 위한 쓸쓸한 면벽面壁이 아니었는지도 모를 일이었다.

내가 즐겨 앉는 자리는 할머니가 앉아 있는 자리 바로 옆의 술독 앞이었다.

할머니는 그때 벌써 칠순인지라 늘 앉아서 일을 보셨는데, 그 큼지막한 손과 팔을 뻗으면 모든 게 해결되게끔 물건들과 안주들이 배치되어 있었다.

나는 친구들과 어울리기보다는 혼자 마실 때가 더 많았는데, 그때마다 주막 강아지처럼 움츠리고 앉아 할머니가 주시는 술이나 안주를 날름날름 받아먹곤 했다. 막걸리 한 되가 오백 원이고 안주 한 접시가 칠, 팔백 원 정도 할 때였으니까 차비를 포함해서 대략 이천 원 정도면 나는 하루를 행복하게 마감할 수 있었다. 기본만 시키면 할머니가 알아서 술을 풀 때 한 잔, 안주를 내놓을 때 한두 점을 내 접시에 놓아 주었기 때문에 나는 그 집에 출입하는 술꾼들 중에서도 선택받은 사람이었다.

할머니는 별 말이 없는 사람이셨다. 북쪽에 고향을 둔 사람들 특유의 냉정함과 무뚝뚝함, 그리고 평생 아들 둘을 키우시느라 몸에 밴, 사람들에 대한 배타심 때문이 아니었나 싶기도 했다. 손님들이 약간의 취기를 빌려 헛소리라도 할라치면 할머니는 과감하게 술 파는 것을 중지하고 정도에 관계없이 그 자리에서 쫓아내기 일쑤였다.

비록 나에게만 잘해 주셔서 그런지도 모를 일이지만, 할머니는 화도 잘 내고 욕도 잘 하고, 특히 선술집에서는 가능할 만한 외상이란 것이 전혀 없는 사람이라서 불평불만이 이만저만이 아니었지만, 할머

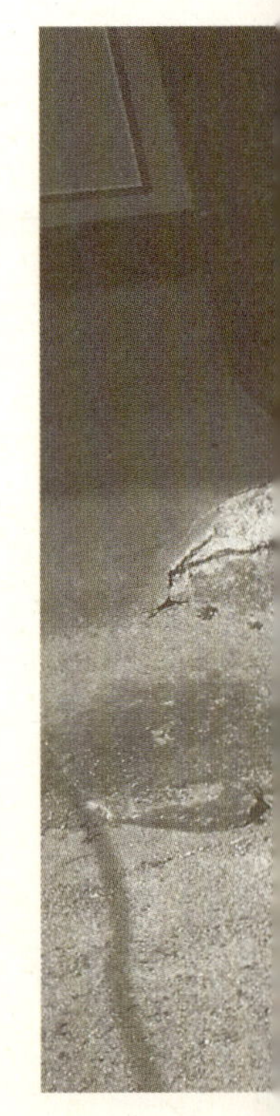

니는 정이 많고 마음이 깊은 사람이었다.

그러나 별 말이 없는 할머니도 손님이 없을 때, 내가 옆에 앉아 술을 마실라치면 어김없이 말을 걸어왔다. 주로 혼자서 나에게 일장 훈시를 하시는 것이 전부였는데, 말씀을 하시면서도 표정에는 아무런 변화가 없었고 억양에도 높낮이가 없었다.

며칠 전에 같이 왔던 여학생은 니 애인이냐? 아니라고? 그럼 다행이구. 걔는 너무 눈빛이 강해서 보기에 뭐 하더만. 함부로 사귈 생각 말라우. 좆대가리 함부로 들이대지 말란 말이야. 알갓서? 어제 술값 모자란다고 달아 놓고 간 그놈의 새끼, 며칠 전에도 그랬는데 또 그러더만. 한 번만 더 뻔한 속셈 드러낼라치면 내가 좆대가릴 뽑아서 마빡을 뭉개지도록 때려 줄라 기래!

왜 이렇게 늦게 쏘다니는 거야? 꼭 좆 빠진 개 모래사장 헤매는 꼴이더구만 그래. 날래날래 댕기라우. 그리고 빨리 처먹고 집에 가라우. 그저 남자 새끼들은 여자들 알기를 발톱에 뭐같이 아는구만 기래. 그저 구멍에 들이댈 생각만 하고 말이야, 아니면 등쳐 먹을 궁리만 하고 말이야. 넌 절대 그러지 말라우. 세상은 그저 동글동글 호박같이 사는 거야. 어울려 살 생각을 해야지. 어디 빌어먹을 데 없나 하고 눈깔만 굴려서는 안 되는 법이야. 멀쩡한 사지 놔두고 왜들 공밥을 먹을려구 그래? 그런 새끼들은 그저 똥구멍에 기차 화통을 쑤셔 넣어야 한다구.

마찬가지로 돈과 인격이 같이 가지 않는 경우가 허다하단다. 돈이 사람을 망치고 사람이 돈을 핑계로 망가지는 경우를 나는 여러 번 봤는데, 그러지 않기 위해 떳떳하게 돈을 벌 수 있는 마음가짐이 정말 중요한 기야. 돌고 도는 돈이라 하지 않든? 그래서 인생은 돌고 도는 전기 구이 통닭 같은 거야.

너, 예술 한다고 그러는데, 나는 예술이란 거 정말이지 꽁알만큼도 몰라. 그렇지만 그 핑계 대고 양아치짓 하는 놈은 내가 한눈에 다 알지. 그래서는 안 돼. 사람의 아름다운 길을 만드는 게 예술 아닌가?

좆 까고 자빠져 피리 불면 누가 알아 준담? 그제 왔던 기집애들 중에 단발머리 한 그 아이 있지 않니? 걔는 눈빛이 야무지고 순하고 얌전한 게 참 맘에 들더만. 여자는 자고로 그래야 돼. 난 눈만 봐도 알 수 있어. 이제 그럴 나이도 됐고. 그저 그런 아이는 아껴 줘야 돼. 너, 함부로 들쑤시지 말라우! 똥끝이 보이도록 지랄 같이 옷 입고 다니는 년들, 그게 다 속이 비어서 그래. 저 혼자 창피하면 괜찮은데 지 애비 에미 욕 먹이는 건 왜 모르는지, 찢어 죽일 년들……. 내 생각엔 옷 입는 것이 허술하다는 건 정신머리가 허술하다는 것이고, 정신머리가 허술하는 건 아랫도리가 허술하다는 거야. 유행 따라 패션 따라 살다가 자기에겐 도대체 무엇이 남을 건지 곰곰이 생각해 봐야 돼. 세상은 모름지기 마음가짐에 따라 변하기 마련이지.

너도 생각해 보라우, 이놈 저놈 먹다 남은 식은 죽통이나 빨고 살래? 그럴 바엔 차라리 잘라 버려라. 세상의 시작은 부모라는 말이 있듯, 그렇기 때문에 니 자지도 단지 혼자만의 것이 아니란 말이다 이 말씀이야. 알겠니, 이 우라질 놈아!

아무래도 할머니의 시선은 비관적인 면이 적지 않았다.

자칭 '삼팔따라지'의 심통이라고 스스로 인정하시긴 하지만, 자식 둔 부모의 마음 아니고 무엇이겠는가? 그렇게 생각하며 나는 아무런 대꾸도 않고 비실비실 웃기만 했다.

나는 알고 있었다. 할머니의 강한 부정과 상소리 속에는 그때 나이의 철없고 세상 물정 모르는 우리들의 치기와 오만함과 편견에 대한 염려와 개발 독재와 군부 독재 그 연장선상의 세상에 내던져진 젊은 사람들을 향한 따스한 염려와 서늘한 당부가 숨어 있다는 것을 말이다. 그리고 험한 시대를 온몸으로 건너온 생생한 체험과 질기지만 걸림이 없는 지혜가 내포된 육두문자의 참법문이었음을.

내가 졸업식을 마치고 평소처럼 혼자 할머니 집으로 내려갔을 때였다. 할머니는 내가 좋아하는 돼지 껍데기와 별도로 집에서 가져오셨다는 곰국 한 그릇을 내놓으셨다.

술만 처먹느라 니가 상賞 같은 걸 받았을 리 없고, 옜다, 내 술상이나 받아라!

할머니는 손수 내게 막걸리 한 사발을 부어 주셨다. 플라스틱 바가지로 술독에서 직접 퍼서였다. 술에 잠긴 할머니의 굵은 손가락이 가늘게 떨리고 있었다.

군대 가서 몸조심하고 나라에 충성해라. 제대할 때까지 내가 살아 있을지는 나도 모를 일이니 휴가 나오면 들르든지 말든지 니 좆 꼴리는 대로 하고, 그리고 항상 명심해라. 부모님이 너에게 차려 주신 밥상만큼 너도 부모님에게 그 밥상을 오래오래 돌려 드려라. 그땐 고마운 마음까지 푸짐하게 얹어서 드려라. 오늘 내가 차려 준 이 술상도 잊지 말고, 이 빌어먹을 놈아! 너 잘 되는 꼴, 내 땅속에서도 두 눈 똑바로 뜨고 지켜보겠다.

나는 그 이후로 할머니를 한 번도 뵌 적이 없다. 군에서 제대를 하고 다시 찾아본 것은 물론이지만 할머니는 계시지 않았다. 할머니의 주소를 수소문한다거나 근황을 알아본다고 나는 요란을 피우지 않았다. 굳이 그럴 필요를 내가 느끼지 못했을 뿐만 아니라 할머니도 그걸 원하시지 않았을 것이 뻔하기 때문이었다.

분명한 것은, 내 가슴속이거나 혹은 할머니가 돌아가셔서 땅속에 계시는 것과는 상관없이, 시와 때를 가리지 않고 불만 가득한 시선으로 나를 지켜보고 있다가 언제 어떤 형태의 욕 무더기를 쏟아부을지 모를 어떤 느낌이 내게 그대로, 늘 그대로 남아 있기 때문에 할머니의 이 땅에서의 부재不在가 나에게는 그다지 중요한 문제가 아닐 뿐이었다.

사람은 사라지는 것보다 잊혀지는 것이 더 무섭다는 사실을 나는 할머니에게서 배웠다.

정영상 형에 관한
추억

삼 년째 청소계를 맡으면서

전 학년 아이들을 불러놓고

학기 초마다 한 아름씩 청소용구를 나눠주는 일이란

가슴 뿌듯한 일이어라

서로 한 개라도 더 가져가려는 아이들에게

선심 쓰듯 옜다 하나 더 가져라

그래 쓰레받기 하나 더 가져라

가져가서 이 신선한 것들로 더러운 곳이면 어디든지

싹싹 쓸어 담아 쓰레기장에 처넣고

아예 활활 태워버려라

그렇게 소리 높일 때는 목안까지 시원해라

부러지거나 못 쓰게 되면 고쳐 쓰고

고치지도 못하는 것은 더 튼튼한 새것으로 바꿔주고

지나가다가도 아무렇게나 팽개쳐져 있는 것은

몽당빗자루라도 제자리에 갖다 놓고

오오라 더러운 곳을 청소하는,

더러운 것을 몰아내고 그 자리에 주인이 되는

빗자루, 걸레, 쓰레받기, 쓰레기통, 양동이, 먼지떨이

그것들은 모두가 한 형제같이 소중도 해라

아이들아 3월이 가고 다시금 너희들의 목을 조르는

잔인한 4월이 돌아왔구나

너희들의 마음과 학교의 구석구석, 교실의 구석구석까지

더럽게 얼룩을 지우는

저 어른들의 썩어빠진 교육, 냄새나는 교육

그것은 누가 청소하랴

바로 그런 것을 청소해야 한다고

가르치는 것은 신나는 일이어라

악취 나는 곳을 청소해야 한다고

거기에 마땅한 빗자루나 걸레를 나누어주는 일은
정말 신나는 일이어라
그러나 더러운 곳을 청소한다는 것은
그만큼 뼈아픈 고통이어라
참교육의 빗자루를 들고
남보다 먼저 달려가는 용기여라

이 시는 내가 제일 존경하고 사랑하는 어느 선배의 시집 《행복은 성적순이 아니다》(실천문학사)에서 옮겨 온 것이고, 제목은 '청소용구를 나눠주면서'이다.

그의 이름은 정영상이고 지금은 세상에 없다.

살기가 팍팍하고 재미가 없고 불현듯 사람이 그리워지는 그런 날이 가끔 있는데, 그런 때마다 그 형이 생각난다.

형은 선생님이었다. 미술 선생님이었다. 당연히 그림을 그렸고 예

술을 사랑했으며 그에 못지않게 술도 사랑했다. 형은 정몽주 어른의 후손이다. 정몽주 어른을 나는 모른다. 개인적인 친분은 물론이고 역사책에서 배운 것 외엔 아무런 사전 지식도 없는데 왜 이런 이야기를 꺼냈는가 하면, 그가 그만큼 원리 원칙에 충실하고 예외가 없으며 오직 바른길로 가기 위해 스스로를 채찍질하고 자신에게 엄격했다는 말을 하고 싶어서다.

형의 대학 후배가 방학 때 집으로 여행을 온 적이 있었다. 여자 친구와 함께였다. 우리는 그날 밤늦게까지 어울려 술을 마시며 낄낄댔다. 열두 시가 넘자 형의 아버님 방에서 곰방대로 재떨이를 때리는 소리가 들리면서 "그 방의 여생도는 이 방으로 건너와서 자거라" 하는 엄명이 떨어졌다. 어찌할 바를 몰라 하는 그 여생도(?)를 보며 우리는 다시 한번 낄낄거릴 수밖에 없었다. 참으로 가난하고 농사밖에 모르는 어른이셨지만 그 칼칼한 성미와 인간적 품위는 아무나 흉내 낼 수 없는 것이었다.

그런 어른의 아들인 형도 그에 못지않은 '꼬장꼬장'이었다. 그러나 그런 아름다운 원칙이 세상에 또 어디 있으랴. 대학을 졸업하고 형은 교사 발령을 받기 위해 고향에서 머물 때가 있었는데, 나도 마침 그때는 군대를 가기 위해 집에서 놀고 있어서 우리는 아침마다 만나 하루를 같이 보내곤 했다.

형은 친구의 화실 한 귀퉁이를 빌려 그림을 그렸는데, 출근부터가 볼 만했다. 돈을 버는 형편이 아니어서 번듯한 구두 한 켤레 제대로 신을 수 없었다. 그래서인지 아버님이 신던 낡은 고무신을 신고 고물 자전거 뒤에 도시락을 얹고서 휘파람을 불며 화실로 왔다. 나 또한 어머님한테 하루 용돈 삼천 원을 얻어 책 한 권 옆구리에 끼고 출근(?)해서 하루를 그렇게 보냈다.

형이 준비한 도시락과 내가 산 튀김 몇 개와 막걸리 두 사발이 우리의 점심이었다. 가끔씩 내가 방송국에 원고를 써 주고 돈이 생기면 우리는 일찍 퇴근(?)해서 바다가 내려다보이는 언덕에서 소주를 마셨다.

어느 비오는 날 밤엔 바다로 뛰어 들어가 수영을 즐기기도 했는데, 미친 짓이 아닐 수 없었다. 교사로 재직 중일 때는 마침 전국 교직원 노동조합이 결성되었는데, 형은 거기에 가입했고 그러고는 곧바로 해직되었다. 참교육을 향한 조용한 불꽃이었다.

집회와 시위에는 빠지지 않고 참가했고 어려운 가계에 누가 되지 않게 살림도 열심히 했다. 부부 교사로 맞벌이를 하고 있었지만 두 사람 모두 해직될 수는 없었기 때문이었다. 그때 낳은 딸이 '열림'인데, 열린 세상, 열린 교육을 향한 형의 간절한 바람이 그대로 녹아 있는 소중한 피붙이였다.

한번은 시위 도중 집단으로 경찰에 연행된 적이 있었다. 신원 파악을 위해 이름과 주소 등을 조사받았는데, 선생님들은 모두 침묵으로 일관했다. 그러자 경찰 쪽에서는 지문을 채취하기 시작해 모든 선생님이 완력에 못 이겨 지문을 강제로 찍히고 말았다. 그러나 형은 차례가 되자 당당하게 양쪽 엄지손가락을 깨물어 지문 날인을 거부했다.

다른 선생님들이 풀려나올 때도 형은 '독종'으로 분류되어 한참이나 늦게 경찰서를 나왔다.

우리는 많이도 술을 마셨다. '해구집'의 구석 자리에서 소주를 마시며 백열전등의 희미한 웃음을 안주로 삼았고, '왕대포집'의 삐걱이는 나무 의자에서 이 나라의 모든 불의와 불평등과 부조리와 모순을 이야기했고, 그리고 뼈를 깎는 반성과 참회의 눈물을 흘리면서 좀 더 나은 나와 사회를 위해 우리들이 해야 할 일들을 진지하게 이야기했다.

가슴은 더웠으나 현실은 차가웠다. 우리들의 창은 날카롭게 날을 세우며 푸른 새벽을 기다리고 있었지만 사회의, 어른들의 방패는 높고 두터웠다. 우리는 기다림도 마다하지 않기로 하고 성실하고 건전한 시민이 되고자 건배했다.

형의 부고를 접하고 나는 피식 웃었다. 그럴 리가 없었기 때문이었다. 그러고는 책상에 머리를 박고 그냥 울고 말았다.

그길로 기차를 타고 제천으로 가서 형의 관을 대하고서는 절망할 수밖에 없었다. 하나의 순한 의지와 참으로 좋은 세계가, 행동하는 시인이, 진실을 가르치는 선생님이 이 지상에서 허무하게 사라져 버렸기 때문이었다.

그는 살아서 죄 하나 지은 적이 없다. 그러나 그는 죽어서 죄인이 되었다. 사랑하는 가족과 사랑하는 선후배들을 달랑 이 험한 세상에 놔두고 혼자 저세상으로 가 버렸기 때문이다. 그 때문에 그는 중죄인이 되었다.

참으로 나쁜 사람이 되었다.

소주를 먹고 집으로 오는 길에 오줌을 누면서 하늘을 보면 그가 무지막지하게 보고 싶을 때가 있다. 어찌하란 말인가!

뜨겁게 사랑을 나누는 남녀 사이가 아니더라도 한 사람의 부재不在를 확인하는 절망적인 상황에 부딪치면 처절하게 절규하지 않을 수가 없다. 팍팍한 현실에 부대끼다 보면 더욱 그럴 때가 많다.

　술 먹은 취기를 빗대어 나는 선배님이긴 하지만 함부로 명령하고 싶다.

　“정영상, 빨리 환생하라!”

우리 세상에서 별처럼 흩어져
서로를 그리워하며

중국의 현대 작가 위화余華의 대표적인 소설 《허삼관 매혈기》의 주인공 허삼관은 이렇게 말했다.

"눈썹털이 먼저 나기는 해도 좆털보다 길게 자라지는 않는단 말이야!"

나는 중학교 다닐 때의 많은 친한 친구들을 생각할 때마다 이 말을 떠올리며 혼자서 실없이 웃는다. 그리고 위화의 좆털론을 나는 이렇게 해석한다.

흐르는 강물이 아름다운 것은 저마다 물결들이 어깨동무를 하고 같이 걸어가는 미덕을 보여 주기 때문이다. 그리고 강물은 늘 새로운 물길로 이어지기 때문이다.

친구의 사전적辭典的인 뜻은 '오래 사귄 벗'이다. 그러면서도 늘 새로운 이미지가 풍겨 나오기 때문에 지겹지가 않다는 것이다. 나무와 꽃들이 해마다 꽃을 피우고 잎이 무성한 것처럼 말이다. 늦게 나지만 길게 자라는 그것처럼 친구의 의미도 그러하리라.

무릇 친구란, 우연이 필연을 관통하는 것처럼, 태생적인 한계를 뛰어넘는 그 무엇이다.

바다로 간 강물이 다시 하늘로 증발해서 대기의 순환을 통해 다시 강물이 되고 바다가 되는 것처럼, 그렇게 친구는 영혼의 울타리가 아닐까 싶다. 물론 위화의 좃털의 논리는 불평등에 관한 그의 통찰의 이야기다. 나는 화합과 순환으로 그것을 이야기했지만, 결국에는 사회적인 영원한 불평등이 없을 것이라는 그의 전망에 동의하면서 그것을 내 멋대로 차용한다. 그러나 세상에는 잘생긴 놈도 있고 개떡같이 생긴 놈도 있다. 키 큰 놈도 있고 작은 놈도 있으며, 뚱뚱한 놈도 있는가 하면 말라비틀어진 빗자루 같은 놈도 있다. 불평등이라면 이런 외형적인 것들뿐이리라.

내가 다니던 중학교는 찔레꽃과 장미꽃으로 울타리가 쳐진 학교였다. 물론 정문은 콘크리트 블록으로 얼기설기 쌓아 놓았지만 학교의 뒤쪽 운동장 둘레는 온통 찔레꽃 무덤이었다. 나름 자태를 자랑하는 장미꽃이 오히려 방관자처럼 보이기도 했다.

친구들은 찔레꽃의 이미지로 늘 머릿속에 남아 있다. 아련한 향기와 더불어 아스라한 봄빛에 빛날 듯 말 듯 보이지 않는 웃음으로 그림자처럼 남아 있는 친구들은 내 영혼의 마음밭이 되어 내가 살아가는 데 무한한 에너지를 공급해 주는 듯하다. 그것은 퍼내도 퍼내도 모자람이 없는 정신의 화수분인 것이다.

문득 이런 사실을 깨달은 것이 얼마 되지 않았는데, 그것은 그만큼 내가 무심하거나 혹은 '싸가지'가 없거나 혹은 세상사 모든 짐을 혼자 짊어지고 사는 듯한 착각에 빠져 되먹지도 않은 먹물 행세를 하면서 어쭙잖은 지식인의 마스터베이션을 되풀이하고 있었기 때문이었을 것이다. 늘 반성한다.

충북 제천의 가은산에서 이십 년 혹은 삼십 년 만에 처음 친구들을 만날 때의 감회는 마치 이산가족의 상봉만큼이나 감격적인 것이었다. 어디서 무엇을 하며 살았을지는 몰라도 중학교 때의 그 까까

머리와 단발머리들이 희끗희끗 서릿발 내린 머리들을 하고서 내 눈 앞에 거짓말처럼 나타난 것이었다. 몸집에 살이 붙어 덩치만 부풀어 있었지 어릴 적 그 얼굴들의 윤곽이 그대로 남아 있는, 열대여섯 살의 그 모습이었다. 워낙 많이 변해 버려 이름이 떠오르지 않는 친구도 있었지만 악수를 하면서 서로 신원 조회(?)를 하면 금방 그 정체가 오롯이 떠올랐다. 그리고 그들의 통상적인 인사는 이 한마디에다 녹아 있다.

"잘 있었나?"

그리고 악수, 혹은 툭툭 어깨를 두드리는 억센 손바닥. 나는 잊어버린 기억의 한 조각을 보석처럼 찾아냈다.

잘 있었느냐는 그 한마디! 그 말은 수십 년의 안부를 묻는 둔중하고도 살가운, 가장 간결하고 완벽한 인사였다.

아아, 우리가 나이를 먹었구나, 덧없이 나이 먹어 가며 서로를 잊고 살았구나! 나는 반가움과 동시에 이유를 알 수 없는 회한 같은 것이

밀려옴을 느끼며 잠시 서럽기까지 했다. 그 이유야 어떠하든 이미 이 승을 떠난 친구도 있고 보면 그럭저럭 질기게 살아왔음이 새삼 고맙 고 미안한 감정이 뒤죽박죽 들끓고 있었던 것이다.

나는 산길을 걸어가며 반가움의 감정이 너무 폭발해 아예 말문이 막혀 버렸다. 그래, 반갑다고 호들갑을 떠는 것도 나름의 즐거운 방 법이겠지만, 그러나 우리가 살아왔던 시간을 거슬러 올라가며 생각에 잠기는 것도, 그래서 다시는 돌아올 수 없는 그 추억을 회상하며 오 늘의 우리가 있기까지의 어제를 조용히 바라보는 것도 더없이 훌륭한 하나의 자세일 것이었다.

서울에 살다 보면 자기도 모르게 철저하게 이기적으로 변해 버린 자신을 발견하고는 깜짝깜짝 놀랄 때가 있다. 무한 경쟁이니 적자생 존이니 생업生業의 피곤함을 굳이 언급하고 싶지는 않다. 누군들 그렇 게 살지 않으랴. 너무나 비대해져 버린 도시에서 밀려나 변방의 삶을 꾸역꾸역 꾸려 가는 것도 어쩌면 행복한 비명일지도 모르는 형편에

다, 요구 사항이 많아져 가는 고객들과의 보이지 않는 신경전을 치르고 나면 상대적으로 왜소해져 버린 나로서는 우선적으로 나를 방어할 조건들을 먼저 살피게 된다.

그런 일들의 연속으로 인해 나는 사람들의 눈치를 보거나 상대를 절대적으로 의식할 수밖에 없는 천덕꾸러기가 되어 버리는 것이다. 이것이 파렴치고 철면피가 아니면 무엇이겠는가? 나 자신이 도덕군자가 아닌 이상 절정의 소심함으로 소나기를 피하는 이 소시민의 고통을 그냥 애환이라고만 치부하기에는 상처가 너무나 깊다.

그런 생활에 익숙한 얄팍한 소시민이고 보면 고향의 친구들은 바보에 가깝다.

그들의 일상이 워낙 그러하고 마음 씀씀이가 넉넉해서 그런지는 몰라도 시간과 돈을 들여 가면서까지 친구를 만나는 단순한 행위 그 자체를 위해 아무런 요구도 하지 않고 수고로움도 마다하지 않는 순수의 마음에는 경외심마저 느끼게 된다.

산을 내려와 쉼터에 들러 보니 친구들이 준비한 여러 가지의 음식이 나를 진저리 치게 한다. 아마도 하루 전날을 전부 투자해서 준비했음이 분명한 정성스런 음식들이 그야말로 상다리가 부러지도록 올라와 있다.

새벽에 주문해서 가져왔다는 조개와 문어와 생선회, 밥과 추어탕, 떡, 나물 무침, 김밥, 과일, 그리고 꿈에도 그리던 '개복지'까지 떡하니 올라와 있다. (개복지란 음식에 대한 설명은 생략한다. 일러 주기에 너무 아까우므로.) 숫제 이건 등산을 온 것이 아니라 거방지게 한판 때려먹자고 작정하고 온 사람들 같았다.

"마이 묵아라!"

그리고 소주를 건네며 싱긋 웃는다. 멋대가리 없기는 가물치 콧구멍이다.

그러나 가슴이 뜨거워지는 것을 어찌 막을 수 있는가. 목구멍에서 뜨거운 그 무엇이 울컥하고 올라오는 모습을 들키지 않기 위해 나는 급히 소주를 털어 넣고 꾸역꾸역 음식을 입안으로 구겨 넣는다. 그것은 훌륭한 음식이기도 했지만 소중한 정성이었고 사랑이었다. 사람에 대한 믿음에서 우러난 절대적 질량의 양식이었다. 누군가가 큰 소리를 친다.

"우리는 인스턴트는 절대 안 묵는다 아이가!"

음식만큼 풍부한 대화는 도대체 끊이지가 않는다. 그 왁자지껄하고 행복하고 명랑한 소음 속으로 오후의 햇살은 잔잔하게 눈부시다.

절에 가서 절을 하는 것은 부처님에게 하는 것이 아니라 자기 자신에게 하는 것이라고 나는 생각한다. 교회에 가서도 마찬가지로 하나님에게 기도를 하는 것은 결국 자기 자신에게 이르는 무언의 약속이라고 나는 생각한다.

마찬가지로 누군가에게로의 베풂의 마음은 결국 자기 자신에게 베푸는 것이다. 그런 행위를 통해 스스로 정화되는 느낌을 체득하는 것이다. 그런 생활이 일상화가 되면 스스로 행복해지는 것이다. 그래서

자기 자신이 평화로우면 주위의 모두가 평화로워지는 것이다.

진리는 간단하다. 실천이 부족할 뿐이다.

고향의 친구들은 이런 극명한 사실을 깨우치게 해준 좋은 스승들이었다. 서울 생활에서 어느 정도의 상처와 비굴과 굴욕과 비겁은 필수불가결한 측면이 있다. 나는 그것을 애써 부정하지 않는다. 그러나 마음 곧은 올바른 친구들이 있다는 사실 하나가 힘든 세상살

이 중에도 든든한 병풍이 되어 나는 언제든지 어린 시절의 사심 없는 때로 돌아갈 수 있는 타임머신을 선물로 받은 느낌이다.

그 친구들도 이 하수상한 시절을 살면서 어떻게 어렵지 않겠는가. 본의 아니게 '똥구라'를 치면서 힘겹게 오늘을 버티는 친구도 분명히 있으리라. 어떤 목적을 갖고 참여하는 친구 또한 왜 없겠는가.

그러나 세월을 뛰어넘는 그 순수의 마음 앞에서는 모든 것이 상쇄되고도 남음이 있다.

나는 사람의 향기라는 것을 느끼며 살고 싶다. 그러나 그것은 정말 어려운 일이라는 것을 나는 알고 있다. 스스로에게 준엄하지 않으면 불가능한 일일지도 모른다. 파스칼의 말대로 미세한 갑상선 세포 하나의 파괴로도 정상적인 기능을 상실할 정도로 인간은 나약한 존재다. 그런 나약한 인간이 우주의 중심이 되는 것은 본능을 뛰어넘는 지성과 이성이 있기 때문이다. 그 지성과 이성을 완성하는 것은 사람만이 가질 수 있는 사랑과 배려가 있기 때문이다.

비록 거칠고 세련되지 않더라도 착한 사람의 마음을 읽을 수 있는 능력이 우리 속에는 항상 잠재되어 있음을 나는 믿어 의심하지 않아, 내 눈에는 그것이 확연하게 보인다고 말하면 내가 너무 앞질러 간 것일까?

나는 그 착하고 따스한 마법과도 같은 주문呪文을 친구들에게 다시 배웠다.

그것은 단지 세 마디다.

"잘 있었나?"

"마이 묵아라!"

"또 보자!"

비록 멀리 떨어져 있어도 친구들은 내 마음속에서 늘 펄떡펄떡 살아 뛰어오르는 생선처럼 요동을 치고 있다. 그렇게 가슴을 뛰게 한다. 그리고 그것은 내가 열심히 살아야 할 몇 가지 이유 중의 하나다.

세상에 태어나면서 만난 가족들과 친척들이 영혼의 살과 뼈라면, 친구들은 그것을 완성하는 든든한 배경이다. 이것처럼 밑천 적게 들이고 본전 빼는 장사도 없을 것이다.

아울러 먼저 난 눈썹털보다 늦게 난 좆털이 길다는 사실은 참으로 진리임을 확인할 수 있었다.

남도 여인숙

무엇보다 중요한 사실은 그녀는 아마 창녀가 아니였을지도 모른다는
일이었다. 아마 그녀는 나처럼 여행을 떠난 이 땅의 쓸쓸하고도 평범한
노처녀였는지도 모를 일이었다. 그렇다면 그녀야말로 진정한 여행을 떠
난 사람이고도 남을 터였다.

라면 사냥

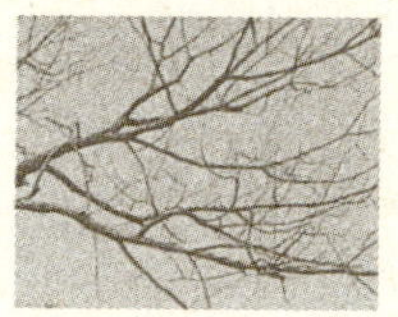

    이십여 년 전인가 보다. 나는 잘 아는 후배들을 끌어다 모아 놓고 이상하고 재미있는 행사를 삼 년 동안이나 개최한 적이 있다. 그렇다고 그 행사가 무슨 특별한 이유나 그럴듯한 명분이 있는 것은 절대 아니었다. 그냥 모여서 얼굴이나 한번 보고, 둘러앉아 시시껄렁한 이야기를 나누며, 지루한 겨울 방학의 한때를 낄낄거려 보자는 아주 단순한 심보에서였음을 솔직하게 고백하지 않을 수 없다. 다만 내가 원하는, 행사에 필요한 조건이 있다면 아주 추운 날을 골라야 한다는 것뿐이었다.

    아랫목에서 하염없이 뒹굴고 있는 어린 청춘들에게 오랫동안 기억에 남는 신선한 이벤트를 선배가 된 도리로서 나는 만들고 싶었던 것이다.

    나는 후배들에게 일일이 연락을 취했다. 그때는 휴대폰은 물론 전화가 있는 집도 드문 때여서 전화가 있는 후배들에겐 전화를 하고 그렇지 못한 녀석들에겐 관제엽서를 보냈다. 지금 생각해 보면 아주 우

스운 일이기도 했지만, 그때의 우리들에겐 그런 행동이 보편적이고 일반적인 연락 방법이었다.

그 정도로 마음의 여유가 있었다고 치부하니 그때가 정말 괜찮았다고 느껴지는데, 그것이 비단 나 혼자만의 감정은 아닐 것이다. 느림의 미학이 새삼 강조되는 지금에 비하면 격세지감도 이럴 정도는 아니라고 생각되니까 말이다.

나는 지금도 디지털이니 아날로그니 하는 것들의 원리와 개념조차도 전혀 이해하지 못하는 덜떨어진 인간임을 자인自認하지 않을 수 없다. 나는 아예 우체국에서 관제엽서 한 묶음을 구입해 책상 서랍에 비치해 두고 사용할 정도였으니, 따지고 보면 그런 굼뜸이 그때의 보편적인 수단이었음 직도 하다. 당연히 다른 친구들도 마찬가지였다.

아울러 우리는 문학회를 하느라 동인인 여학생들과도 많은 편지를 나누곤 했는데, 굳이 관제엽서를 이용해서 통신을 주도했던 것은, 부모님들의 염려를 생각해 내용의 공개를 통한 투명성을 확보한다는 차원에서 제안한 선배들의 자상한 배려가 전통 비슷한 관례로 굳어져 있었기 때문이다.

이벤트의 내용은 간단했다. 일요일 몇 시에 어느 버스 종점에 간편한 옷차림으로 모이라는 것과 몇백 원의 차비를 반드시 지참하라는 내용이었다. 나도 그때는 가난한 학생이었던지라 열댓 명의 차비까지 부담할 처지는 못 되었다.

문제는 주최 측인 나의 준비였다. 나는 우선 잔칫집에서나 사용할 만한 커다란 양은솥을 준비했다. 산행에 가마솥을 들고 갈 수는 없는 노릇 아닌가? 그 양은솥은 가볍기도 했지만 족히 스무 명의 밥을 지을 수 있을 정도로 큰 것이었다. 그리고 어머니에게 부탁해 잘 익은 김치 두 포기를 예쁘게 썰어서 찬합에 가득 담았고, 대파를 큼직하게 양손에 가득 찰 정도로 숭숭 썰어서 비닐봉지에 넣어 묶어 두었다. 어울러 빈 국그릇 두어 개가 준비물의 전부였다.

나는 그것을 양은솥에 집어넣고 커다란 보자기에 꼭꼭 묶었다. 그리고 그 준비물을 들고 보무도 당당하고 의연하게 약속 장소인 버스 종점에 나타나기만 하면 내 역할은 그걸로 끝인 것이다.

겨울은 추워야 제맛이라고 하지 않는가. 약속한 날은 제법 추웠다. 나는 회심의 미소를 띠며 버스 종점으로 향했다. 누런 면장갑을 낀 나의 한쪽 손에는 보자기에 묶인 양은솥이 달랑거렸고, 달랑거릴 때마다 빈 국그릇과 찬합이 맞장구를 치며 소리를 냈다.

나는 물들인 군용 잠바를 걸치고 있었다. 그렇게 나타난 나를 보고 후배들은 서로 키득거리며 난리가 아니었다. 영문도 모르고 호출을 당한 것도 어리둥절할 판인데, 선배라는 사람이 가져온 양은솥의 정체가 아무래도 짐작이 되지 않는 모양이었다.

우리는 털털거리는 버스를 타고 털털거리며 출발했다. 끼리끼리 모이는 것은 언제나 즐거운 법인데다 짧은 여행이긴 하지만 어울려 간다는 그 자체가 가슴을 콩닥거리게 만드는 묘한 매력이 있는 것 아닌가! 한 시간 정도 걸리는 거리도 짧기만 했다.

스산한 겨울 들판을 보는 것보다 빈 논에서 촘촘히 어깨를 맞대고 있는 그루터기를 바라볼 줄 아는 우리들이었다. 버스에서 내린 우리는 둥그렇게 둘러서서 점호를 했다. 나의 일장 훈시가 빠질 수 없었다.

"날씨도 지랄같이 추운데 모두들 마음과 시간을 내주어서 대단히 고맙다. 오늘은 아무 생각 없이 산길을 걷자고 이 모임을 마련했다. 추운데 쫑알거리면 주둥아리 시려운 건 만인萬人 주지周知의 사실, 그냥 걷자. 다만 내가 따뜻한 국물 한 그릇을 대접하겠다. 오늘의 이 산행은 그래서 이름을 '라면 사냥'이라고 명명하겠다."

모두들 웃었다. 라면 사냥이라고?

나는 버스 종점 근처의 가게로 가서 라면을 한 박스 샀다. 열두어 명이 먹기에는 많은 양이었지만 나는 개의치 않았다. 한 녀석은 양은 솥 보자기를 들고 한 녀석은 라면 박스를 메고 우리는 피난민처럼 길을 출발했다.

산 아래에서 곧바로 절 쪽으로 올라서면 저수지가 나타났다. 후배들은 그 저수지를 보는 순간부터 환호하기 시작했다. 앞에서 말했지만 일부러 추운 날을 고른 나의 탁월할 선견이 빛을 발하는 순간이었다.

예전에 추운 날 혼자 산행을 왔다가 스님네들이 절로 가는 구불구불한 길을 버리고 얼음 위로 리어카를 끌고 직선으로 절을 향해 걸어가는 것을 본 적이 있었고, 나는 때를 놓칠세라 얼른 뒤따라가서 리어카를 밀어 드리면서 같이 저수지를 건너갔던 적이 있었기 때문이다.

주저하는 후배들을 뒤에 두고 태연히 내가 저수지를 건너가자 후배들은 너나없이 내 뒤를 쫓아왔다.

우리는 넘어지고 자빠지고 하면서 너무 재미있고 신기하게 저수지를 건넜다. 그때부터 후배들은 무조건 즐거웠다. 저수지를 빠져나오면서 억새 숲으로 쓰러지는 놈도 있었고, 고함을 지르는 놈도 있었으며, 왜 이런 이벤트를 지금에서야 가르쳐 주느냐고 야유와 앙탈을 부리는 계집애도 있었다.

한 옥타브 높아진 목소리들이 겨울하늘로 참새 떼처럼 튀어 오르고 있었다. 목적지는 저수지와 산골짜기의 물이 만나는 어느 개울가였다. 몇 해 전, 군 입대를 목전에 둔 친구와 와서 이틀 정도 술을 마시며 야영을 하던 곳이었다. 그때는 군대에 가는 것이 무슨 절망의 늪으로 빠지는 듯한 기분이었다. 그때를 생각하며 나는 쓴웃음을 지었다. 시간이라는 것이, 시간의 경험이라는 것이 얼마나 소중한 것인가를 나는 후배들을 보며 가만히 생각했다.

나는 개울물을 그대로 퍼서 양은솥에 담았다. 그리고 커다란 돌들을 괴어 아궁이를 만들고 후배들로 하여금 불을 지피게 했다. 지금에야 큰일 날 일이지만 그때만 해도 산불 단속이니 하는 것이 제대로 없던 시절이었다. 설령 있었다 하더라도 그 추운 곳을 마음먹고 찾아나서지 않는 이상 단속할 수도 없는 장소이기도 했다.

마른 솔잎으로 먼저 불을 지피고 잔가지들로 불길을 돋운 다음 굵

은 나무들을 차례로 집어넣으면 골짜기를 타고 오르는 센바람을 맞받으며 불은 금방 활활 타올랐다. 우리는 벌겋게 얼굴을 익혀 가며 라면 봉지를 벗겨 내기 시작했다. 모두가 재미있어 죽겠다는 듯한 얼굴을 하고 희희낙락거리는 것이 불만 보면 흥분하는 사람들의 심리가 그대로 드러나는 듯했다. 불구경하는 것도 재미있는데 직접 불을 피우는 재미는 말해서 무엇 하랴. 두 말 하면 잔소리고 세 말 하면 숨가쁠 노릇 아니겠는가! 나는 조로아스터교의 거만한 교주처럼 후배들의 즐거운 모습들을 바라보고 있었다.

물이 끓기 시작하면 스프를 먼저 넣어야 했다. 라면을 먼저 넣고 스프를 넣으면 라면은 금방 풀죽이 되기 십상이었다. 라면과 스프를 한꺼번에 넣어도 무방할 터였다. 요는 내용물을 넣자마자 바로 퍼먹어야만 하는 것이 라면 사냥의 특이한 식사법이라는 데 있었다.

그릇은 없었다. 라면 봉지를 그대로 편 게 자신들의 그릇이었다. 젓가락, 튼실한 나뭇가지 두 개면 충분했다. 국물이 필요한 사람은 준비해 간 국그릇으로 퍼먹으면 그만이었다.

'걸신들린 아귀들'이란 말이 있는데, 라면을 먹는 우리들의 모습이 바로 그랬다. 가뜩이나 추운 날씨 덕택에 입에서 빠져나오는 입김은 물론 뜨거운 라면의 열기까지 합쳐져 마치 우리는 불을 뿜는 작은 공룡의 모습을 연상케 했다. 솥에서 무럭무럭 피어오르는 수증기는 잔칫집 분위기를 방불케 했다. 후루룩, 후루룩 쩝쩝 소리만이 바람을 타고 흘렀다. 열기를 이기지 못하는 비닐봉지 그릇 때문에 손바닥은 뜨거웠지만 손등이 시린 것은 또 무슨 조화이며 나뭇가지 젓가락의 서툰 솜씨는 입가를 온통 국물로 도배할 지경이었다. 배가 고프기도 했을 법했다. 김치는 또 얼마나 시원하고 얼큰하게 입맛을 돋우어 주는지!

그렇다. 우리는 얼마나 먼 길을 걸어왔는가, 얼어붙은 저수지를 지나 사람들의 마을로부터 한참이나 지나쳐 왔다. 촐촐한 외로움을 가슴에 한 꺼풀씩 걸치고 오지 않았는가? 아니면 동행同行의 살가움에

몸보다 마음의 에너지를 더 많이 소진하지는 않았는지?

나는 잊지 않고 숨겨 온 소주를 한 잔씩 베풀었다. 겨울 산골짜기에서 라면 국물을 반주로 해서 마시는 소주 맛은 다른 어떤 훌륭한 술맛에 결코 뒤지지 않았다. 소박한 기쁨이 있다면 이런 것을 두고 하는 말일 것이라고 나는 잠시 생각했다.

그렇게 그렇게 우리는 거짓말처럼 그 한 박스의 라면을 모두 다 먹어 치웠다. 그러고 나서는 서로의 얼굴을 마주 보며 원시인들처럼 수줍게 웃어 버렸다.

추억의 창고가 풍성해졌다고 후배 중의 누군가가 돌아오는 길에 말했다. 모두가 침묵으로 동의했다. 가만히 생각해 보니 그렇다.

스무 살 초반의 나의 위장은 팔할八割이 라면 국물과 소주에 젖어 있었다. 그렇게 어려운 시절이었지만 그러나 뜨거움은 있었다.

겨울 공화국을 지나 이만큼이나 오지 않았는가? 나름의 방법으로 그 세월을 견뎌 오지 않았는가? 스스로 축하할 일이 아닐는지!

  * 사족: 라면 사냥을 함께 떠난 그 친구들을 지금 다시 불러 모아 그때 그 푸른 겨울 하늘의 싱그러운 서늘함을 훈장으로 선물하고 싶다. 그리고 마음에는 모 닥불을 지펴 주고 싶다.

속리산에
다녀온 적이 있다

나는 오래전에 속리산 법주사에 다녀온 적이 있다.

한 번 다녀온 것이 아니라 몇 달에 걸쳐 자주 왕래한 적이 있다. 그러나 지금은 그에 관한 이야기는 입 밖에도 꺼내지 않는다. 다른 절도 마찬가지다. 어느 절에 갔다 왔다고 함부로 얘기하지 않는다. 마음속에 모셔 놓기 때문이다. 그러기로 작정했기 때문이다.

나는 스님네도 아닌데도 오랫동안 절밥(?)을 얻어먹고 살았다. 굳이 절밥이라고 해야 옳은 표현일지는 모르겠지만, 직장이라고 처음 들어간 곳이 불교 서적 출판사 겸 편집 대행 회사였고, 그길로 계속 지금까지 그 언저리에서 맴돌고 있다. 물론 가끔씩은 일반 단행본을 출간하는 출판사에서 일하기도 했지만, 묘한 인연이라면 인연이라고 할까?

본의 아니게 외길 아닌 외길을 걸어온 셈이다. 그만큼 소신을 갖고 일했으며, 불법을 펴는 일에 보람을 느꼈으며, 개인적인 적성과 수입에 만족했던 것일까?

결코 아니다. 우선 능력 없음이 그 첫 번째 이유다. 한량없이 게으르고 변화를 싫어하며, 미주알고주알 이력서 쓰는 것을 무슨 사상 전향서를 적는 것처럼 싫어했으며, 모르는 사람들 만나는 것을 한사코 주저하며, 주어진 대로 사는 것이 가장 편하다는 주제 모르는 무소유無所有와 웬만한 궁색은 몸으로 때우는 무책임과 직무 유기의 분위기에 푹 절어 지낸 인간이었기 때문이다.

다른 한편으로는 고해의 바다에서 해탈해 절대 자유를 부르짖는 부처님의 말씀에 충실하기 위해 대체로 생활 성적이 바닥이며 계율, 즉 규칙적인 생활에 얽매이지 않는 얼뜨기 중생들인 그 나름의 출판쟁이들과의 거리낌 없고 격의 없는 대화와 행태가 무척이나 마음에 들었음이 두 번째 이유였다.

젊은 한때 허무하지 않았던 청춘이 어디 있었겠는가.

우리는 팔십 년대 초반을 그냥 덤으로 살아가며 시대의 아픔을 우리의 상처인 양 슬쩍 빌려 와 껄끄러운 양심에 도배질 하고 대안 없는 비판과 현실성 없는 책임 추궁으로 날밤을 까기가 일쑤였다. 우리는 가당찮은 놈팡이 짓임을 스스로도 알고 있었지만 너무도 당당하고 뻔뻔하게 그런 방종을 즐기고 있었으며, 일견 자랑스러워하며 낄낄댔다.

우리는 원고 청탁을 빌미로, 취재를 건수로 끼리끼리 작당을 해서 많은 절을 돌아다니기도 했다. 나는 그즈음 법주사의 월간 신문을 제작해서 납품하는 일을 맡은 적이 있었다. 이 바닥의 일이 대체로 그런 것처럼 워낙 시간이 돈인지라 법주사의 일 같은 경우는 하루의 정상적인 업무가 끝날 시간이 되면 한 사람이 시간을 내서 보은까지 편집된 원고를 들고 가 결정을 보고, 다음날 아침 되돌아오는 것이 통상적인 절차였다. 그 일을 회사에서 어중간한 위치에 있던 내가 맡은 것이었다.

겨울이었다. 보은에 도착해서 법주사행 마지막 버스를 타고 가면 거의 열 시가 넘었다. 겨우 차비에 불과한 빡빡한 출장비에 저녁은

꿈도 꾸지 못할 노릇이었다. 챙겨 줄 사람도 없었다. 아홉 시가 되면 모두들 취침이었다. 기다리고 있던 담당 스님과 편집 회의를 마치고 나면 무지무지하게 배가 고팠다. 절에는 밥도 없었다.

　더더욱 문제인 것은 누룽지라도 달라고 할 오지랖이 내게는 없었던 것이다. 나는 문풍지를 때리는 속리산의 바람 소리를 들으며 그 큰

대중방에서 혼자 달랑 잠을 청했던 것이다.

다행히 법주사의 아침 공양 시간이 새벽이란 것이 나에게는 커다란 위안이었다. 나는 아침을 해결하고는 뒤도 돌아보지 않고 서울로 와 버렸다.

그러나 다음 달 출장 때, 나는 만반의 준비를 하고 법주사로 향했다. 한 시간 일찍 서울을 출발해 보은에서 든든하게 저녁을 먹고 소주도 두어 병 사들고 절로 기어 들어갔다. 오징어도 샀다. 어슬렁거리며 아슬아슬하게 말티재를 넘는 버스에서 콧노래를 부르기도 했다. 편집 회의를 끝내면 행자님이 방을 안내해 주었다. 넓디넓은 대중방, 역시 나 혼자였다. 그럴 때의 혼자라는 즐거움을 아는 사람은 알리라. 나는 잠시 서울의 술꾼들을 그리워하는 여유까지 부리곤 했다.

열 시가 지나면서 사방은 조용하기만 했다. 들리는 건 오직 바람 소리, 풍경 소리뿐이었다. 나는 몰래 준비한 소주를 꺼내 마셨다. 부처님 처소에서 몰래 마시는 소주, 그 알싸한 범죄의 희열이 이런 것일까? 차가운 소주가 식도를 지나면서 아득한 전율에 떨게 했다.

카아, 소리가 목젖을 치지만 나는 끝내 인내해야만 했다. 때론 돈으로 살 수 없는 이런 즐거움도 있어야 사람은 견디는 법이다.

그렇게 혼자 중얼거리면서, 지그시 오징어를 씹는다. 적막강산에 소주 한 잔, 이 지상의 가장 소외된 곳에서 쓸쓸함을 즐기며 사내가 혼자 소주를 마신다. 아무도 눈여겨보지 않을 잡놈의, 나름대로의 적멸寂滅이다.

두 병을 가볍게 비우고 빈 병과 쓰레기들을 모아 냇가에 갖다 버리고 굵은 오줌을 신나게 뽑아 버리고는 그림자처럼 들어와 조용히 잠에 빠진다. 세상은 그렇게 평안했다.

그런 출장을 몇 번을 다니고서 법주사와의 인연은 끝이 났다. 그리고 나는 다른 출판사의 편집장이 되어 일을 하게 되었는데, 그 첫 번째 기획이 만난 적은 없었지만 평소에 책이나 신문으로 읽어 좋아하던 지묵 스님이란 분의 책을 내기로 한 것이었다.

원고를 읽다가 나는 거기에서 다시 법주사를 만났다. 팔 년 만의 일이었다.

지묵 스님의 글을 잠시 빌린다.

속리산 법주사 선방의 결제가 끝나자 자자自恣를 행하는 날 저녁이 었다.

이날은 큰방에 가사를 수한 대중 스님이 운집해 어른 스님을 모시고 자기의 허물을 드러내고 다시는 허물을 짓지 않겠다는 결심을 보이는 날이다.

앉은 순서대로 자자가 행해졌다. 그런데 본뜻과는 달리 다른 이의 허물만을 잔뜩 드러내는 쪽으로 흘러가다가 뒤쪽 공양주 스님의 차례가 왔다. 예로부터 덕이 있는 스님은 공부가 익어 갈수록 어려운 소임, 하소임下所任을 맡곤 했는데, 이때 공양주가 바로 보문 스님이었다.

스님이 입을 열었다.

"이곳이 보은군報恩郡이오. 그런데 불보살님의 은혜와 시은에 보답한 사람이 누구입니까?

이곳이 속리면俗離面이오. 그런데 세속을 벗어나 출가한 사람이 누구입니까?

이곳이 법주사法住寺요. 그런데 정법에 안장한 사람이 누구입니까?"

조용하면서도 힘 있는 목소리가 큰방 안에 울려 퍼졌다.

대중들은 모두 법문도 그런 큰 법문을 듣기는 처음이라고 감탄하며 공양주 스님을 존경하는 마음을 다시 한번 갖지 않을 수 없었다.

나는 그 전까지는 매사에 늘 냉소적이었다. 거들먹거림도 그런 꼴이 없었다. 방관의 비겁함도 현실을 야유하기 위한 하나의 방법이라고 애써 믿었다. 마음을 낮추는, 하심下心이라고는 눈곱만큼도 없었다. 비판적 옹호를 시늉하며 사생결단의 문제 제기만이 자기 존재를

부각시킬 수 있다는 옹색한 영웅 심리에 도취되어 말의 홍수와 패거리의 소요 속에서 외로운 짐승이 되어 가고 있을 뿐이었다. 그렇다고 스스로 공부를 열심히 해서 뛰어난 불교 지식과 해박한 논리를 가진 것도 아니었다. 말이 났으니 말이지, 불교 입문서 한 권 제대로 읽어 보지 못한 주제였다.

몇 마디 주워들은 말에다 살을 붙이고 멋대로 해석해서 술자리에서의 풍성하고 맛있는 말을 만들기 위해 비약적인 '오버'를 서슴없이 자행했던 것이다. 교묘하게 위장된 교조적인 논리로 지울 수 없는 구업 口業만 지은 죄인이었다. 한마디로 겉멋만 잔뜩 밴 어설픈 먹물이었다.

나는 지묵 스님의 글을 읽고 법주사에 대한 이전의 기억을 깡그리 잊어버리기로 작정을 했다. 그렇게라도 하지 않으면 금방이라도 미칠 것만 같았다. 보문 스님이 누구인지 나는 모른다. 그러나 보문 스님이 커다란 장군 죽비를 들고 옆에서 가만히 지켜보는 것 같은 착각이 문득 들면서, 나는 나에게 남은 것은 침묵밖에 없다는 것을 확연히 깨달을 수 있었다.

　그리고 나는 말한다.

　법주사에는, 전생前生에 한 번 다녀온 적이 있다고, 수줍고 부끄럽게, 조심스레 말할 뿐이다.

남도 여인숙

훌쩍, 정말 훌쩍 떠난다는 것은 행복한 일이다.

그것이 얼마나 배짱 편한 일인지 아는 사람은 안다. 자기 자신에게 참으로 무책임하게, 그리고 아무런 죄책감 없이, 다시는 세상으로 돌아오지 않을 것처럼 토라진 계집아이처럼 총총 떠나는 것은 즐거운 일이다. 혹은 놀부 심보로 엿 먹어라 하고 도망치듯 떠나는 일은 호떡처럼 달다. 참으로 달콤한 유혹이다.

여행은, 그러나 나의 여행은 전혀 그러하지 못했다. 내세울 만한 거창한 이유가 있거나 유혹을 느낄 만한 달콤한 파산도 없었다.

물에 물 탄 듯한 거드름과 유치찬란한 허세가 대부분이었거나 거의가 도피성의 성격이 짙은 여행, 쉬고 싶다는 막연한 핑계를 대고 떠나간 도망이었다. 물론 떠나기 전의 심정은 자못 비장했다. 이문열 선생의 〈그해 겨울〉을 능가하는 고민도 있었고, 그에 못지않은 이유도 나름대로는 있었다. 그러나 나는 늘 여행의 시간이 지날수록 참담하게 깨지고만 있었다.

이 나라의 온갖 풍경과 만나는 많은 사람들의 모습에서 나는 나의 어정쩡한 객기와 방종과 치기를 무참히 깨달아야 했기 때문이다. 산과 들, 강물과 바다, 고개와 다리들, 그 하나하나의 풍경은 모두가 노동의 극단적인 배경이었고 사람들의 움직임은 사금파리처럼 아프게 반짝이고 있었다.

이름도 기억나지 않는 장터 한구석에서 막걸리 몇 사발이 하루의 대부분 수입에 다름 아닌 어떤 할머니의 남루한 생계를 보면서 나는 나의 여행이 얼마나 화려한 낭비의 극치인가를 느껴야 했고, 국수를 말아 주는 할머니의 굵은 손가락을 보면서 나는 계집애처럼 고운 내 손가락을 슬그머니 감추어야 할 때가 너무 많았다.

물론 이런저런 사정과 핑계를 다 아우르다 보면 여행은 아예 엄두도 내지 못한다는 사실을 나는 잘 알고 있었다. 그리고 나는 그만큼 어설픈 청년이었다. 자기 자신도 감당하지 못할 어정쩡한 연민이 얼마나 무책임한 죄악인가를 나는 깨닫지 못했다. 그저 동시대의 사람으로서 반드시 기억해야만 할, 그리고 그래야만 할 정신적인 책무가 있는 것처럼 생각했다.

어찌 보면 그것이 어쭙잖고도 가당찮은 자시 과시이며 자기 연민이며 자기기만임을 꿈에도 생각지 못했음을 솔직히 고백하지 않을 수 없다. 똥 누고 매화타령도 그런 부끄러움이 없었다. 힘든 노동에 따르는 넉넉한 정신적 만족과 자기 자리를 지킬 줄 아는 진솔한 여유, 뼈를 묻을 곳이 어디임을 아는 순결한 애착을 볼 수 있는 눈이 나에게는 눈곱만큼도 없었던 그 시절에 대고 나는 통곡을 하며 사죄할 수밖에 없다.

십여 년 전이던가, 잘 다니던 직장을 무작정 때려치우고 떠났던 남도 여행의 쓰라린 기억을 나는 여물게 간직하고 있다.

초겨울의 남도는 허전하면서도 그 허전한 맛이 마냥 비어 있지만은 않았다. 그런 것이 너무나 마음에 젖어 와서 나는 힘 좋은 강아지처럼 쏘다녔다. 해남의 여문 듯하면서도 쇠잔한 듯한 풍경을 마음에 집 어넣으며 곳곳을 돌고, 목포의 푸석푸석한 풍경에 절어서 지내며 몇 날을 보냈다.

그때까지는 좋은 시간이었다. 그런 기분으로 광주에 들렀고 그 기분으로 잔뜩 취해 하루를 자고 마음속의 짐을 조금이라도 덜고 싶다는 팔십 학번의 객기 어린 생각에 들렀던 망월동 참배, 나는 전날의 폭음에도 불구하고 마시고 또 마셨다.

나름대로의 충격이었다. 나는 너무나 피상적으로 살았다는 자괴감, 그리고 본의는 아니었다고 하나 동시대를 살면서도 너무나 동떨어진 인식과 편협된 지역적 가치에 오열하지 않을 수 없었다. 그리고 차마 부끄러운 생각에 그날 저녁 다시 광주로 돌아와 가진 돈을 다 탕진해 가며 중년의 창녀와 술을 마시면서 온갖 행패와 술주정을 피워 댔다. 다행히 그녀의 너그러운 이해와 아량 덕분에 나는 씨도 먹히지 않을 괴변을 늘어놓으며 화려한 말의 수음을 해댔던 것이다.

나는 그 다음날 일어나자마자 서울로 줄행랑을 놓았다. 여행은 아무나 떠나는 것이 아님을 나는 그때 알았다. 잡놈들에게는 먹거리 몇 점과 술 몇 잔, 그리고 서 푼어치도 안 되는 추억 몇 점이면 충분하다. 그러나 그러기엔 사는 것은 너무 아프다. 다만 그것을 가려 놓고 못 본 척하거나 애써 외면할 뿐이다. 그 아픈 것이 세상을 살게 하는 힘이며 세상이 아름다울 수 있는 에너지임도 잊지는 말아야 하리라.

남도 여인숙의 늙은 창녀는 치기와 객기와 오만과 편견에 찬 한 젊은이에게 참으로 무던한 웃음을 보여 주었다. 그러나 기실 따지고 보면 참으로 냉정한 무시를 내가 당했는지도 모를 일이었다. 몸 하나로 세월을 견딘다는 것은 정말 슬픈 일일 것이다.

그 차가운 시선과 모멸의 시간 속에서 그런 웃음을 간직할 수 있다는 것은 천성적인 그녀의 근기根氣일지 모른다. 그녀는 대충 이런 말을 했다. 취한 와중에도 아련하게 머릿속에 남아 있는 말이다.

밥은 먹었느냐, 세 끼 밥에 목을 메는 것도 미련한 짓이지만 그렇다고 무시하는 것도 좋은 일은 아니다, 필요할 때 먹고 아니면 말아라, 몸이 필요할 때 먹는 것이 사람의 음식이다, 어디에 사는 사람이냐,

나는 고향이고 뭐고가 없다, 몸뚱이 누인 곳이 고향이다, 죽으면 뼈가 뿌려질 곳이 영원한 고향임을 믿는다, 몸을 그렇게 혹사하면 못 쓴다, 몸이 망가지면 정신도 망가진다. 남자의 물건은 중심을 잘 잡으라고 시도 때도 없이 불뚝불뚝 일어선다, 그러니 제대로 몸을 써라, 나는 그렇게 생각한다,

사람을 가벼이 여기는 것도 나쁘지만 너무 무겁게 대해서도 서로에게 짐이 된다, 실연을 했느냐, 그러면 잊어버려라, 사람은 다시 온다, 사람이 죽고 다시 태어나는 것과 같은 이치 아니겠느냐…….

나는 망연히 듣고 있다가 벌컥 고함을 질러 버렸다. 물론 술에 취하긴 했지만 그녀가 마치 문수보살 같고 성모마리아처럼 느껴졌기 때문이었다. 아울러 세상 그렇게 다 꿰찬 여자가 이렇게 어두운 골방에서 같잖은 설교나 하고 있냐는 은근한 부아가 치밀어 올랐기 때문이

있다. 그러자 그녀는 작은 눈을 내리깔며 조용히 대꾸했다.

살아 보니까, 그렇다는 거지 뭐…….

그리고 그녀는 나를 건너다보며 실없이 피식 웃고 말았다.

나는 그 웃음이 너무 맑고 창백해서 갑자기 울고 싶어졌다. 그래서 마구마구 술을 마셨다. 내가 그녀를 늙은 창녀라고는 했지만 그녀는 그렇게 늙은 여자는 아니었다. 그리고 무엇보다 중요한 사실은 그녀는 아마 창녀가 아니었을지도 모른다는 것이었다. 나는 어느 선술집에서 거나하게 술만 마셨지, 여인숙에서 누구를 부르거나 택시를 타고 창녀촌으로 간 일이 없었기 때문이다. 아마 그녀는 나처럼 여행을 떠난 이 땅의 쓸쓸하고도 평범한 노처녀였는지도 모를 일이었다.

그렇다면 그녀야말로 진정한 여행을 떠난 사람이고도 남을 터였다.

저녁연기

무릇 수도자는 수척할 때가 제일 아름답다고 한다.

여자는 결혼을 할 때, 아가는 살이 포동포동 쪘을 때라고 한다. 그리고 지극히 개인적인 생각이긴 하지만 이 나라의 아버지들은 그 튼튼한 어깨가 설핏하나 석양을 배경으로 어느 정도 빈약해 보일 때가 제일 아름다운 법이 아닐까?

내가 그 절을 찾아 친구를 만났을 때, 그는 그런 모습이었다. 대견해 보이고 그렇게 아름다울 수가 없었다. 속세를 떠나 용맹정진한다는 사나이다운 발심이 무르익어 가고 있음을 지척에서 보았을 때의 그 아련한 아쉬움과 동경이 어떠한지는 아는 사람은 익히 알 수 있을 것이다. 그도 그럴 것이 속세를 떠난 인간을 굳이 만나려는 작심을 한 어설픈 작태가 우선 그런 마음을 가지게 할 것이며, 남자라면 평소에 으레 가지고 있을 법한 작파作破에의 동경을 그 친구가 미리 선수 친 듯한 배신감과 아울러 그 일도양단一刀兩斷의 결단에 부러운 마음을 금할 길 없기 때문이기도 했다.

그나마 이 미진의 세속에 남아 더 나은 세상을 만들기 위해 조그마한 울타리라도 만들자던 젊은 날의 육십 촉 알전구 같은 맹세는 헌신짝처럼 팽개치고, 저 혼자 성불하겠다고 나선 인간에게서 나는 아련한 연민을 느낄 처지는 고사하고, 그냥 마음 가는 대로 빛나는 마빡에다 침 뱉은 손바닥으로 선연한 자국이 날 정도로 우선 한 방 후려치는 것이 인지상정이었겠지만, 차마 그리하지 못하고 어정쩡한 합장을 스스로 먼저 내밀었으니, 나의 미지근한 주제도 어지간한 깜냥이 아니고서는 그리하지 못했을 법하다.

대웅전 후원에서 우리는 만났다. 그리고 우리는 웃었다. 그 웃음은 마치 감식초 한 사발과 수정과 한 사발을 뒤섞어 놓은 듯한 그런 웃음이었다. 그러고는 손을 맞잡으며, 손마디 굵은 그의 손바닥의 껄껄한 감촉에 나는 제풀에 울컥 울음이 비질비질 배어 나왔지만 애써 감추어야 했다. 그 친구의 눈빛이 많이 맑아진 것에서 나는 애써 위안을 찾았다. 그리고 다시 한번 우리는 웃고 말았다.

얼마나 실없고 무미건조하며 때깔 없는 재회라고 해야 할지…….
축축해지는 마음을 나는 메고 온 가방에 우걱우걱 집어넣었다.

"내려가지."

꼴에 절밥 축내느라 늘어난 건 거드름뿐인지, 혹은 다른 스님들을
의식한 의도적인 행동이었는지는 모르지만 친구는 노련하게 손님을
접대하며 길을 안내하려 앞서 나갔다. 산문을 빠져나와 우리는 길을
버리고 얕은 언덕을 넘어 온통 바위들이 널브러져 있는 계곡으로 숨
어 들어갔다. 무슨 연애질하러 가는 부끄러운 연인들처럼 말이다. 물
기가 적당히 마른 바위틈 아래에 자리를 잡고 인적이 있나 없나를 휘
이 둘러보고는 우리는 긴장을 풀었다.

그리고 나는 준비한 보따리도 풀었다.

새로이 산 담배 한 갑과 막걸리 한 통이 이 밀회의 조촐한 준비물
이었다. 이런저런 근황을 챙기며 우리는 잔을 나누기 시작했다. 종이
컵에 따른 막걸리에 어리는 산 그림자가 초라한 술상의 한기寒氣를 덜

어 주며 그나마 아슬아슬한 운치를 더해 주었다.

나는 목젖이 일그러지도록 막걸리를 시원하게 마셨다.

그 친구는 그냥 그런 나의 모습을 바라보며 빙그레 웃고 있었다. 그야말로 부처님 가운데 토막 같은 웃음을 띠며 말이다.

나는 괜한 부아가 일어 시비를 걸기 시작했다.

"껄떡대다 야윈 놈보다 아귀처럼 뜯어먹는 놈이 그래도 인간답다더니, 괜한 체면치레 말고 한잔 비우지 그러셔?"

"냄새 때문에."

"냄새 아니면 날밤을 까서 마셔도 괜찮고?"

"술 아니고도 찬 게 많아서 아직도 어지럽네."

"한소식 한 것처럼 개폼 잡고 내려올 땐 어떡하고?"

"껍데기가 그렇다고 다 중노릇 제대로 할 수 있나"

"때론 잡놈보다 못한 것이 중노릇인데……."

"사람 못된 것이 중 된다고?"

“예끼, 이 사람! 그대로 발설지옥拔舌地獄감인 걸!”

“묵언黙言하라는 소중한 보시의 말씀처럼 들리는 걸? 죽어서도 정말 침묵할 수 있다면 그 또한 부처님의 가피가 아니겠는가. 지옥의 고통에도 아무 말 하지 않을 수 있는 의지를 가질 수 있다면 굳이 이 땅에서 성불할 일이 무언가?”

“자기 혀를 스스로 찌르는 어리석은 방편方便을 노 삼아 고해의 바다를 건너는 그대 이름이 바로 중생일세. 감각과 기지의 천박하고 얄팍한 언변을 천재적인 순발력으로 착각하는 중생들을 위해 내가 날을 잡아 지극 정성으로 기도함세.”

“남의 말이라 함부로 하지 마시게, 바로 그대의 어제가 그랬었네.

그 빈자리를 물려받아 중생의 어리석음의 그 끝이 어디인가를 몸소 실천하는 이 피곤하고 희생적인 하나의 좌표, 상징에 대한 그대의 심정은 또 어떠하신지? 내가 바로 입니입수入泥入水의 화신은 아닐는지?

어제의 가난은 가난도 아니었네, 송곳 꽂을 땅 하나 없었다네.”

"오호, 그러하셨나. 그 송곳마저 나는 없네."

"그만해라, 이 후레자식아!"

"아니, 스님께서 그런 상소리를! 지금 바로 발설지옥입니다."

마음먹고 생떼를 쓰는 사람을 당할 수는 없는 법이다.

우리는 마른 시래기처럼 푸석푸석하게 서로를 보며 웃고 말았다.

바람이 설핏 우리 주위를 수상스럽게 지켜보며 지나갔다.

"담배나 한 대 주게!"

그는 웃음을 멈추고 산 아래를 넌지시 내려다보며 담배를 청했다.

"이거 피우고 냉수 한잔 마시면 냄새쯤이야 누가 눈치채겠냐고?

그거야말로 눈 가리고 아옹 아닌가? 미욱한 중생을 현혹시키는 가

장 잔인한 노릇이 아닌가 몰라?"

나는 막걸리를 벌컥벌컥 마시며 즐거운 마음으로 가벼운 힐난과

조롱을 참새처럼 쫑알거렸다. 산 그림자가 이마 위를 덮더니 마을로

발걸음을 슬금슬금 옮기고 있었다.

"술도 여자도 그리운 것 없는데, 가끔씩 담배가 피우고 싶더군.

내가 아직 마음속에 미련이 많아서 그런가 봐. 한낱 흩어질 그 무엇들, 그 연기 같은 것들을 차마 놓지 못하고 똥 마려운 강아지처럼 얼쩡거리는 걸 보면 말이야. 문득 올려다보는 하늘에 어리는 불분명하나 어떤 하나의 이미지를 느끼는 데도 온갖 잡생각들이 줄줄이 엮여 나와 나를 옭아매니 내 앞길도 그리 밝지만은 않을 것 같은 불길한 예감이 들어 걱정 아닌 걱정이야. 나의 근기가 수승하지 못함을 익히 알고 있다고는 하지만 이토록 허약한 심성인지는 미처 몰랐던 모양이야. 물론 이런 반성이 쌓이고 쌓이면 조그만 업보 하나쯤은 녹이지 않을까 하는 바람도 가져 보지만, 그러기엔 내 욕심이 너무 큰 게 아닌가 싶어서 도리어 죄를 짓는 것 같기도 하고 말이야. 그때마다 이놈의 담배가 생각나더란 말이지. 마음속의 티끌들을 모조리 싸잡아서 훅 내불어 버릴 수 있다면, 그래서 육체가 조금이라도 가벼워진다면 얼마나 좋을까를 생각하면서 무던히도 담배가 그립더라고, 젠장!

아니면 내가 스스로 담배가 되어 타 버리던지! 그런 무지막지한 생각 마저도 들더라구!”

“담배 땜에 쪽박 찰 땡중 하나 여기 있구먼 그려! 스스로 담배가 된다!

이 무슨 때아닌 화신망상化身妄想의 소신공양燒身供養인가! 아니면 숭산 스님의 말씀대로 ‘부처님 이마에 담뱃재를 털며’인가? 그것도 아니라면 스스로 근기를 키워 돈오돈수頓悟頓修의 일갈을 사자후로 터뜨리시든지! 그때는 아마 돈오점수頓悟漸修의 경지로 접어든 후의 일일 터인가?”

“문자는 피보다 더욱 무책임하고 잔인한 것, 그런 재기 발랄한 독설을 불심의 곁가지로 키워 간다면 그대의 성불도 금생의 일이거늘, 어찌 흘러가는 강물을 시퍼런 두 눈을 뜨고 그냥 지켜보고만 있단 말인가! 넘어진 김에 쉬어 가고, 땅으로 넘어진 사람 땅을 의지해서 일어서라 하질 않았는가?”

　"개똥밭에 굴러도 이승이 나의 불국토이며 부처님 바라보듯 나를
보라는 처자 권속의 질긴 인연이 어떤 굴레보다 다디단 예속인데, 살
얼음 같은 인연도 차마 끊지 못하는 심약한 중생에게 너무나 엄청나
고 화려한 초대는 정중히 거절하는 것이 마땅한 도리가 아닐는지! 나
의 땅은 이미 봄빛으로 가득하고 그것이 한낱 신기루에 불과할지라
도 두려움 없이 무소의 뿔처럼 챙겨 나아갈 뿐, 내가 기침을 하면 우
리 가족은 감기에 든다는 사실을 그대의 하염없는 선근에 비추어 미
루어 짐작하라. 상구보리相求菩提 하화중생下化衆生의 절차를 잠시 바꾼
다고 생각하면 시절 인연의 차이일 뿐 무엇이 대수랴! 이것이 나의 절
차탁마 대기만성인 것을!"

　"개소리 집어치우고 술이나 먹어라, 이놈아! 보자보자 하니까 인두
겁을 덮어쓴 절 귀신이 바로 멀지 않은 곳에 있었군 그려. 부디 해탈
해라!"

말하는 것은 슬픈 일이다.

마음을 담지 않은 말을 하는 것은 더더욱 슬픈 일이다.

침묵은 그래서 금보다 귀한 것일지도 모른다.

그러나 말을 하지 않는 것도 슬픈 일이다.

차라리 절규에 가까운 비난과 욕설을 퍼붓는 한이 있더라도 마음을 실어 보내 그 뜻을 보일 수만 있다면 그보다 행복한 일도 없을 것이다.

불립문자不立文字, 염화시중拈華示衆의 능력이 우리에겐 차라리 불가항력에 가까운 하나의 상징일 뿐이다.

그 친구는 몇 대의 담배를 더 피우고 나는 막걸리와 더불어 준비해 온 소주를 꺼내서 부랴부랴 마셨다. 새우깡이랑 쥐포 몇 조각이 전부인, 그야말로 황제의 술에 걸인의 안주를 곁들인 조촐한 주연酒宴이었다. 그러고는 곧 헤어질 시간이었다.

"그냥 내려가서 땡땡이 좀 깔까? 허기진 중생들에게 육보시도 좀

하고, 모자라는 음기도 좀 채워 놓고 말야. 어때?"

"아직까진 참을 만하네. 정 아쉬우면 연락하지."

"그래도 음심은 남아 가지고."

"배려에 대한 세심한 보답이자 정중한 거절이라고나 할까."

"하산에 대비한 보험성 짙은 양다리 같은데?"

"또 시작이다, 내려가게. 곧 예불 시간이네."

"다음은 어디로 갈 건가?"

"뜬구름이 주소 있나! 혹 곁으로 가게 되면 전화하겠네."

나는 뒤도 돌아보지 않고 산을 내려가기 시작했다. 그렇게 하는 것이 훨씬 멋있을 것 같아서였다. 달리 무어라 마땅한 인사말이 떠오르지 않았기 때문이기도 했다.

산 그림자가 길을 희미하게 지우고 있었다.

나는 가던 길을 멈추고 절을 올려다보았다.

밥이라도 짓는지 연기가 가물가물 피어오르고 있었다.

그 풍경이 하도 따뜻해서 나는 나도 모르게 눈물을 흘리고 말았다.

나는 마음에 불을 지피듯 천천히 담배를 피워 물었다.

심봉사는 없다

　이모님 우 여사는 오십을 간단히 넘긴 나이인데도 아직 재기발랄하다. 그것이 본인 생각일 수도 있고 보기에 따라서는 가당찮은 착각이라고 간단히 치부할 수도 있는 일이지만, 여하튼 사람의 의욕은 그 도를 넘기지 않으면 보기 좋은 것이다.

　여자는 죽어도 여자일 수밖에 없고 또 그것이 미덕인 우리의 의식 구조 테두리에서 절대 벗어나지 않는 이모님 우 여사는 어느 날 근사한 공연의 초대장을 선물로 받았다.

　내가 넘겨짚기론 그것이 초대장의 당사자가 피치 못할 사정으로 공연에 참석하지 못하게 되자 못 먹는 떡 인심이나 쓰자는 식의 선물이거나 혹은 우리나라의 공연 문화 발전을 위해서는 하등의 도움이 되지 않을 강매의 덩어리 표 가운데 일부분일 것이 분명한데도 사람 좋고 마음씨 좋은, 남 의심하지 않고 오직 준 사람의 성의와 호의에 보답하기 위한 일념으로 가득 찬 이모님 우 여사는 오랜만에 들떠 있었다.

우 여사는 시간이 있는 친구들을 모두 초청해 성대한 나들이 길에 나섰다. 소녀 때의 그 마음으로, 소풍 가는 기분으로, 한껏 뽐내고 나선 길이었다.

어디 주부가 문화생활을 한다는 것이 쉬운 일인가! 공짜라면 양잿물도 큰 잔으로 마실 이 나라의 막강한 짠돌이 주부들이 아니었던가!

공연은 심청전이었다. 그것도 판소리 한마당이었다. 조금 지루하기도 했고 못 알아들을 소리도 많았지만, 이모님 우 여사는 참으로 진지하게 성의를 갖고 끝까지 지켜보았다. 생활에 쫓겨 살다 보면 이런 기회가 쉽게 찾아오지 않으리라는 것을 이모님과 친구들 모두가 익히 알고 있었다.

공양미 삼백 석에 심청이가 팔려 가는 대목에서, 궁중에서 부녀가 상봉하는 대목에서 이모님 우 여사는 자기도 모르게 흐르는 눈물을 주체하지 못할 지경이었다. 가슴이 시원할 정도로 흘러내리는 눈물,

그러나 주위의 시선을 의식하며 품위를 잃지 않는 한도 내에서 손수
건으로 눈물을 찍어 내면서, 참으로 사람다운, 문화인다운 시간을 보
낸 것이었다.

공연이 끝나고 모두들 찻집으로 몰려가 우아하게 차 한잔을 나누
며 이런저런 이야기를 나눌 때였다. 이모님이 말문을 열었다. 공연 내
내 느낀 소감을 피력하기 위해서였다.

공연을 보면서 나는 왜 그렇게 아버지 생각이 나는지……. 평생 농
사만 지으시며 거친 밥만 드시다가 자식들 잘되는 거 보지도 못하고
가신 아버지, 공연 내내 나는 아버지 생각에 눈물이 그치지를 않더라
구! 나이 오십 넘어 이제야 철이 드나 싶어 왠지 서럽기도 하고 말이
야…….

모두들 동감을 표하며 말없이 고개를 주억거렸다.

더러는 창밖으로 눈길을 던지며 쓸쓸한 웃음을 거두었다.

왠지 서먹하고 어색한 분위기가 잠시 사람들을 혼란스럽게 했다.

그때였다. 구석에 앉아 심각하게 차를 마시던 한 친구분이 조심스럽게 이모님에게 질문을 던졌다.

근데, 자기 아버지도 장님이셨어?

이모님 우 여사는 조용히 찻잔을 내려놓고는 잠시 그 친구를 노려보다가 자리에서 일어섰다. 계산을 마치고 찻집을 빠져나와 공연장을 뒤로하고 완만한 산길을 타박타박 걸어 내려오기 시작했다.

새털구름이 얇게 깔린 토요일의 푸른 하늘이 왠지 쓸쓸하게 느껴졌다.

그렇게 산길을 걷자니 정말 돌아가신 아버지 생각이 간절하게 떠오르는 것이었다. 농사짓고 자식 기르는 일 외엔 아무것도 관심이 없었던, 너무나 평범하고 보잘것없어 우리가 기억하지 않으면 아무도 기억해 주지 못할 아버지.

나이 오십을 넘기면서 불현듯 떠오른 아버지, 그동안 잊고 지낸 불효가 갑자기 가슴을 엄습하면서, 이렇게 살아서는 안 되겠구나를 무섭게 반성하면서, 이모님 우 여사는 천천히 산길을 내려오며 오래오래 울었다고 한다.

가을 저녁 스케치

같은 시간을 공유했다는 것. 그중에서도 인생의 가장 푸르고
반짝거렸던 시간. 아무것도 모르면서도 미지의 시간과 공간을 향해
꿈을 같이 키웠던 시간을 공유했다는 것은 가치로 환산할 수 없는
소중한 의미를 지닌다.

참새는 날아가고

내 친구 김 무시기는 생김새와는 전혀 다르게 아주 감각이 뛰어난 친구다. 그 단적인 예로 기타 치는 걸 보면 알 수 있는데, 그 손놀림하며 표현이 어디 전문가에게 배운 듯한 솜씨다. 그런데 알고 보면 순전히 독학으로 이루어낸 것이라고 하니, 듣는 사람마다 놀라지 않는 사람이 없다.

말솜씨도 아주 재치가 있고 순발력이 탁월해 여러 사람을 다루는 데는 이력이 난 정도이고, 덕분에 여자 후리는 재주도 덤으로 가지고 있다. 하지만 다행히도 그런 능력을 딴 데 써먹은 것이 아니고 사업이나 인간관계에 적절히 잘 활용해서 지금은 돈도 잘 벌고 사람 구실도 잘하고 있다.

일에는 매와 같이 신속하고 정확해서 가끔 너무 매정하지 않느냐는 핀잔을 듣기도 하지만, 어렵게 자라면서 몸으로 체험한 경험이 있어서인지 공과 사를 철저히 구분하며 일을 처리하는 매서운 면이 있었다. 그걸 탓하는 사람은 분명 그쪽에서 무슨 잘못이 있거나 개인적인

섭섭함이 작용한 것이었지 내 친구 김 무시기의 일방적인 잘못은 없어 보였다.

한마디로, 선천적으로 착한 본성 때문에 별 탈 없이 건전한 시민으로 잘 굴러먹고(?) 있는 친구다. 세상의 징검다리를 나름의 방식으로 씩씩하게 건너가고 있는 눈빛이 선한 친구다.

고등학교 때였다. 무슨 일인지 이 친구가 밤늦게 우리 집으로 급히 나를 찾아온 적이 있었는데, 문제의 발단은 그때 그 친구의 별명이 '참새'였다는 데 있었다.

이 무시기 있나? 나다, 김 무시기!

나는 목소리로 참새가 나를 찾아온 걸 알고는 주섬주섬 자리에서 일어났다. 온 식구들이 둘러앉아 텔레비전을 보고 있던 중이었다.

아이구, 참새가 이 밤중에 웬일이고? 밥이나 묵았나? 들어와라.

어쩌고저쩌고 하면서 나는 바지를 추스르며 문 앞으로 걸어 나갔다.

식구들의 시선이 내 뒤통수로 집중되고 있었다. 그런 와중에 어머니의 의미심장한 웃음을 눈치챈 사람은 아무도 없었다. 어머니의 낮고 굵은 목소리가 온 방을 울렸다.

그래, 참새가 왔다고? 잠시만 기다리거라. 지금 포수 나간다!

우리 식구들의 박장대소에 문밖에 서 있던 참새 김 무시기는 얼굴이 붉으락푸르락하면서 나를 향해 사정없는 힐난의 소리를 퍼부었다.

이 자슥아, 학교에서나 부르는 소리를 집에꺼정 와서 불러 제끼면 내 체면이 뭐가 되노! 앞으로 조심해라, 이 자슥아!

우리 식구들은 포수가 데려온 참새를 맞아 또 한번 신나게 웃었고, 어머니는 라면을 맛있게 끓여 주시며 찬밥 한 그릇까지 잊지 않고 내놓으셨다. 잘 익은 김치를 곁들인 야식을 맛있게 먹는 참새를 바라보며 식구들은 자기들도 모르게 마른침을 삼켰다.

내소사 밤하늘,
혹은 오줌 누는 법

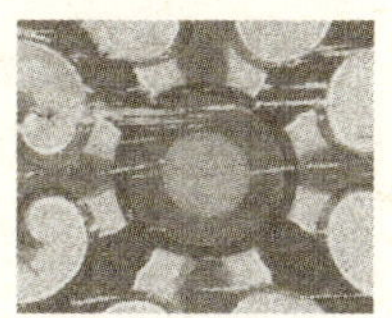

내소사에 잠시 들러 하룻밤을 자고 온 적이 있다.

절에 들러 소박하지만 융숭한 대접을 받으며 하룻밤을 자고 왔으면 얼마나 좋으련만, 그것이 아니었다. 출장을 마치고 돌아오는 길에 잠시 시간이 남아 부안의 격포항에 들러 저녁을 해결하고 그길로 휑하니 서울로 가는 것이 좀 멋쩍어서 차를 몰아 별 생각 없이 내소사로 향한 것이었다.

자신에게 주어진 시간에 틈이 생기면 그것을 아껴서 다른 어떤 것에 투자하는 것도 좋은 일이지만, 그 시간을 오직 자신만을 위해 탕진하는 것도 그리 나쁜 일은 아닐 것이라는 게 평소 나의 지론이었다. 하물며 돈과 시간을 마련하고 투자해서 전라도의 격포항이며 곰소나루며 내소사로 길을 떠날 터인데, 지척에 그것들을 두고 훌쩍 떠난다는 것도 어떤 면에서 보면 낭비가 아니겠는가? 나의 계산이 가끔씩은 이토록 철두철미할 때도 있음이 스스로에게도 즐거운 일이었다. 또한 반대로 생각하면 대체로 얌체스런 짓이기도 했다.

주차장에다 차를 팽개쳐 놓고 잽싸게 절로 향했다. 그러나 이미 날이 저물어 막 출입문을 닫으려는 순간이었는데, 막무가내로 나는 절로 기어 들어갔다. 절로 올라가는 사람보다 내려오는 사람이 대부분이었는데, 어둠이 내리는 산길의 어스름은 거꾸로 산길을 오르는 한 사람의 행보에 아무런 관심도 가지지 않게 포근하게 위장을 해주었다. 십여 분 산길을 걸어가니 정말이지 앞을 분간할 수 없을 정도로 어두워졌다. 나는 길을 더듬어 계속 앞으로 나아갔다.

저녁 예불도 오래전에 끝난 모양이었다. 멀리서 아련하게 불빛이 보였다. 가끔씩 밤새가 푸덕이며 숲을 지나가면서 지난밤 내린 비에 젖은 나뭇가지들의 물기를 털어 내 나로 하여금 진저리를 치게 했다. 나뭇잎 사이로 보이는 하늘의 짙은 군청색만이 내가 구분할 수 있는 빛의 여분이었다. 그래도 멀리 불빛 한 줄기가 있다는 사실이 무슨 아득한 소망의 불빛인 양 그리 따뜻할 수가 없었다.

나는 착한 도둑처럼 절에 도착해서는 그 근처를 몇 바퀴나 어슬렁

거리며 절의 냄새를 맡거나 숲의 짙은 향내에 싸여 어둠에 묻혀 가고
있었다.

　나는 잠시 어둠 속에서 나를 잃어버렸다. 그렇게 무책임한 것도 괜
찮을 것 같았다. 굳이 접근이 금지된, 그리고 문이 닫힌 집 앞에서 무
엇을 바라며 어슬렁거리는가.

문득 잡인금_{雜人禁}이라는 말이 떠올랐다. 그러나 잡인이기에 더욱 다가가고 싶은 게 인지상정이다. 잡인이면 어떤가, 구르는 돌은 이끼가 끼지 않는 법이다.

나는 절을 둘러보고는 천천히 산길을 내려와 주차장으로 왔다. 내려오는 길에 문 닫은 가게를 두드려 소주와 새우깡, 물 한 병을 샀다. 서울로 가야 한다는 생각은 애초에 팔아먹은 지 오래였다. 오직 떠난 그 자리에서 적절한 외로움으로 오늘 밤을 지키리라 생각했다.

차 문을 다 개방시키고 양말을 벗어 뒷자리에 던져 버리고는 운전석 자리를 뒤로 젖히고 내소사의 밤하늘을 노려보았다.

별은 총총하고 어둠은 깊었다. 적막강산의 유쾌함이었다.

내 가슴의 별들, 부모님과 아내와 아이들, 친구들을 생각했다. 그것은 내가 원하든 원하지 않든 선연이자 악연일 수도 있다는 생각, 어둠보다도 무겁고 무서운 것이었다.

사람답게 살아가는 것이 얼마나 어려운가, 가당치도 않은 주제를 생각하며 나는 실없이 웃었다. 사람은 자신만의 외지外地에서 스스로 유배당할 필요가 꼭 있다고 나는 생각했다. 외롭지 않으면 사람이 아니다. 내소사 주차장의 아무도 없음의 다행스러움, 누가 돈 주고 이런 공간을 마련할 수 있을까?

오래 앉아 있으니 오줌이 마려웠다. 나는 주차장 언저리로 맨발로 걸어갔다.

남자들의 오줌 누기는 그 어느 동물도 흉내 내지 못한다. 동물들은 장소가 허락하는 대로 직직 갈겨 버리면 그만이다. 여자들의 배설은 일정한 공간이 필요한 법이다. 하기사 아무도 없는 들판에서는 여자의 그것도 불가능하지는 않으리라.

나는 양성 평등 지지자이며 사회적 역할에서도 여자들의 능력이 낫다고 생각하는 사람인데도 불구하고 오줌을 눌 때마다 남자만의 특권 의식이나 우월성을 살짝 느끼는 사람이다. 말초적인 수컷의 잡념이긴 하지만 먼 산을 바라보면서 느끼는 배설의 즐거움은 남자임을 확인하는 단 하나의 상징이다. 가족과 나라를 위한 멀리 보기로서의 남자의 자세, 나로서는 그렇다는 말이다. 수컷의 한계다. 그것을 나약한 남자로서의 입지를 증명하는 무의식적인 표현에 지나지 않는다.

불만과 불평을 힘주지 않고 해결하는 것은 참으로 중요하다. 인간만이 앓는 질병인 치질과 변비가 그것을 증명한다.

무애도인無涯道人 춘성 스님은 말했다.

수행자는 방귀를 뀌는 것도 힘주어 하지 마라

자연스럽게 삼베옷을 빠져나가도록 아랫도리를 벌리고 툭 트인 곳에서 방출하라고 했다. 기가 빠지지 않아야 정진에 도움이 된다는 이유에서였다.

몸 안의 독소毒素를 배출하기 위해 인위적으로 용을 쓴다는 것, 미련한 짓이다.

또한 춘성 스님은 죽었다가도 살아나는 것은 사람의 그것밖에 없다고 웃으시면서 말했다. 나는 그것을 발심發心의 상징적인 표현이라고 생각하고 있다.

때가 있을 때 공부하라는 말씀임을 그 누가 부인할 수 있으리.

내 친구 박인태는 말한다.

가루약이면 어떻고 물약이면 어떤가.

그렇다. 모로 가도 서울 가면 그만인 걸.

그러나 중요한 것은 편법은 용납되지 않는다는 것이다. 죽을힘을 다해 최선을 다하고 볼 일이다.

돌아보라, 사자교인獅子咬人은 언감생심, 한로축괴漢盧逐塊하지 않았는가, 너는.

조금이라도 그 알량한 글로 만구성비萬口成碑를 노리지는 않았는가, 너는.

결국에는 소무공덕所無功德인 것을, 아흐!

그래서 살아가는 것이 무섭다. 일모도원日暮途遠이다.

그러나 땅에서 넘어진 놈 땅을 의지해서 일어나고, 가장 어둠이 깊을 때 새벽이 멀지 않음이다.

내소사의 밤하늘은 그것을 가르쳐 주었다.

그리하여 내면의 허영을 견제하기 위한 혹독한 자기 성찰은 죽을 때까지 필요하다.

길 떠나는 사람(道人)이 한번쯤 되어 봄 직함이 바로 그 이유다.

미네르바의 부엉이는 황혼녘에 날아오른다고 헤겔은 말했다.

나의 시대가 저물 때까지 하심下心하기.

하심하지 않고는 절대로 새로운 세상을 만나지 못하리라.

*

출판사 편집장 시절, 그렇게 인연을 맺은 지묵 스님의 글, 춘성 스님에 관한 귀한 이야기는 언제 읽어도 새롭다. 잠시 그 글을 빌린다. 다소 과격하고 노골적일 수도 있지만, 그것은 원형질의 본성에 대한 도전이자 인간의 본질에 관한 정확한 지적 혹은 가학적인 풍자라고 나는 생각했다. 선禪은 관성慣性을 타파하는 것이다.

고정관념만큼 어리석은 일이 또 어디 있을까. 나는 아무것도 모르는 청맹과니지만 그것을 경계한다. 삶에 대한 최소한의 예의이자 자세가 아닐까 싶다.

춘성 스님 이야기

지묵

1.

기차를 타고 가던 차에 기독교 전도사 한 사람이 이 사람 저 사람을 붙들고 예수님 믿으라고 하면서 춘성 스님 앞에 와서 치근거렸다.

"주님은 부활하셨습니다. 우리 주 예수님을 믿으시오."

잠자코 있던 춘성 스님이 전도사에게 말했다.

"뭐? 죽었다 살아났다고? 나는 여태 죽었다 살아난 건 내 ××밖에 못 봤어."

그러자 주위 승객들이 박장대소했고, 전도사는 잠잠해졌다가 자취를 감추었다.

2.

육 여사(陸女史)의 생일 법문이 베풀어진 자리에서였다. 선지식이라고 모시는 노덕 스님네와 고관대작 남편을 둔 아낙네가 법석을 가득 메운 가운데서 춘성 스님이 법좌에 올라 한마디 했다.

"오늘은 육영수 보살이 지 에미 뱃속에 들었다가 '응아' 하고 ×× 에서 나온 날이다."

듣고 있던 대중은 영부인의 생일에 한 이 법문에 놀라 서로 얼굴만 바라보며 어쩔 줄 몰라 했다.

3.

소견이 몹시 좁은 딸을 둔 노보살이 있었다. 하루는 이 장성한 딸을 춘성 스님 처소에 보내서 법문을 청해 듣도록 했다. 춘성 스님이 말했다.

"내 그 큰 것이 네 그 좁은 데에 어찌 들어가겠느냐?"

딸은 얼굴이 벌개지더니 방문을 박차고 울면서 달아났다. 집에 돌아와서 노보살에게 춘성 스님 법문을 사실대로 일렀다.

"스님은 엉터리요. 엉엉엉."

노보살은 잠자코 듣고 나서, 이렇게 말했다.

"아이구, 이것아! 네가 그래서 소견이 좁지. 큰스님 법문이 네 쪼그만 소견머리 속에 어찌 들어가겠어?"

딸은 그제서야 울음을 그치고 자기가 스님의 소중한 법문을 잘못 알아차린 줄을 깨달았다.

4.

통금 시간이 넘어서 밤길을 가고 있을 때였다. 방범 순찰 중인 순경이 춘성 스님에게 말했다.

"누구요?"

춘성 스님이 어둠 속에서 말했다.

"중대장이다!"

목소리가 노인네 소리인지라 순경이 후레쉬를 비춰서 춘성 스님을 찾아냈다.

"아니, 스님 아니시오?"

"그래! 내가 중의 대장이야! 맞지?"

듣고 있던 순경은 웃음을 참지 못하더니 그냥 자리를 떴다.

5.

춘성 스님의 은사恩師 만해卍海 스님은 《조선 불교 유신론》을 펴내서 불교 개혁 운동을 일으켰다. 처음에는 만해 스님의 취지를 잘 이해하지 못해서 완고한 스님들이 몽둥이찜질을 내리기까지 했다. 독립운동가로서 서대문 감옥에서도 굽히지 않던 지조는 대와 소나무 같아서 차츰 주위에 감화를 주었다.

춘성 스님은 만해 스님의 유일한 상좌다. 은사 스님이 제창한 것 중에 산신각과 칠성각 등을 폐지해야 한다는 데 동의하고 있었다.

망월사望月寺에서 조실로 주석하고 있을 때였다. 춘성 스님은 범성梵聲이 뛰어나 아침 도량석 목탁을 손수 해내곤 했다. 대중 스님들은 말했다.

"춘성 스님 도량석 목탁 소리를 듣고 눈을 뜨는 날에는 그렇게 기분 좋을 수가 없거든. 종성鐘聲도 그만이지요."

그런데 어느 날 도량석 중간쯤에서 목탁 소리가 뚝 그쳐 버렸다. 그때 대중들이 이상하게 여기고 춘성 스님을 찾아보니 법당 앞 축대 아래에 떨어져서 뒹군 모습이었다. 춘성 스님은 정신을 차리고 일어나 앉아 말했다.

"수행자라면 도량신道場神을 업신여겨선 안 돼. 산신각이나 칠성각 탱화를 불태웠더니 과보가 바로 오는구나. 도량신을 편안케 하고 공부해야지 함부로 날뛰는 일는 삼가야 해.”

춘성 스님은 은사 만해 스님의 불교 유신론의 취지를 소중히 생각했으나 끝내 고풍스런 산신각과 칠성각은 물론이고 제반 의식을 버리지 아니했다.

6.

춘성 스님이 제자들을 모아 놓고 유언으로 말했다. 그중에 방귀 뀌는 법을 일렀다.

“사람은 기가 안 빠지게 방귀를 뀌어야 해. 힘주어서 뽕 뽕 뀌면 첫째는 치질 등이 걸린다. 둘째는 기가 빠져서 좌복에 오래 못 앉아 있어. 좌선 중에나 그 밖의 처소에서도 소리 안 나게 가만히 뀔 것이다. 문밖에 나가 바지를 헐렁하게 하고 시원히 뀌되 힘은 조금도 주지 마라.”

춘성 스님은 육두肉頭 법문으로 직설가이긴 하나 끝내 무소유로 일생을 마친 만해 스님의 지조에 못지않게 청정한 납자의 귀감이라 하겠다.

−《죽비 깎는 아침》, 세종출판공사, 1990년 9월

* **한로축괴**漢盧逐塊 **사자교인**獅子咬人: 《전등록》에 나오는 말로, 개에게 돌을 던지면 개는 구르는 흙덩이를 뒤쫓지만, 사자는 흙덩이를 던진 사람을 찾아서 문다는 뜻. 달을 가리는 손가락을 볼 것이 아니라 달 그 자체를 보라는 말과 일맥상통.
* **만구성비**萬口成碑: 여러 사람이 칭찬하는 것은 송덕비를 세우는 것과 같다는 뜻이지만, 여러 사람이 칭찬하면 나쁜 사람도 좋은 사람으로 알려짐을 경계하는 말.
* **소무공덕**所無功德: 공덕이 조금도 없다는 말로, 무엇인가를 바라거나 자신을 과시하기 위한 일에는 아무런 의미가 없음을 뜻한다. 달마 대사가 양 무제에게 한 말이다.

가을 저녁 스케치

　한 나라의 사람들이 특정한 곳에 반 이상이나 모여 사는 비상식적인 일이 일어난다고 생각하면 가끔은 몸서리가 처진다.

　그중에 나도 한 사람이고 보면 할 말이 딱히 또 없다. 얼마나 무책임한 삶을 살고 있는 것인가? 서울이라는 괴물의 도시에서 버러지처럼 꼬물꼬물 살고 있는 것은 아닌지 모를 일이다.

　생활의 공간이 일정 부분 포화 상태가 될 경우 힘없는 것들은 바깥으로 밀려나는 것이 생물학적 특성이고 보면, 내 인생의 거의 전부가 변방의 기록이었다. 간혹 중심에 잠시 뿌리를 내리더라도 그것은 곰팡이의 성질을 닮아서 주변을 위한 배경이나 아니면 타인의 우월성을 확인시켜 주는 비루한 장식품에 지나지 않았는지도 모른다. 그것은 비참하거나 남루할수록 더욱 그 존재의 의미가 부각되었다.

　내 삶을 위한 방편으로서의 주거는 그렇다 치더라도 도대체 꿈은 있는지, 희망이라는 것은 있는지, 시간과 공간에 삶을 저당 잡히고 일정 부분 노동과 세금으로 유예받은 인생을 살기 위해 생존 가치의

고양과 성찰과 전망으로서의 존엄하고도 고유한 내 삶은 제대로 굴러가고 있는지? 아무리 생각해 봐도 회의에 가까운 결론을 내릴 수밖에 없음이여!

세상은 넓다.

그 넓은 곳에서 모래알처럼 흩어져 저마다의 삶을 영위한다는 것은 어찌 보면 지극히 당연하고도 정상적인 일이지만, 모든 사람과 알고 지낼 수는 없다. 그 많은 사람과 사건의 연속 중에서 특별한 인연을 가지고 관계를 유지한다는 것은 어떤 면에서는 개개인의 축복일 수도 있다.

같은 시간을 공유했다는 것, 그중에서도 인생의 가장 푸르고 반짝거렸던 시간, 아무것도 모르면서도 미지의 시간과 공간을 향해 꿈을 같이 키웠던 시간을 공유했다는 것은 가치로 환산할 수 없는 소중한 의미를 지닌다.

고등학교 동기 동창을 만나는 것은 더더욱 그러하다. 친구들을 만나러 가는 이동 시간 중에도 입가에 흐르는 잔잔한 미소가 그것을 반증하는 확실한 증거다.

그날의 주제는 두 가지였다.

새로이 사업을 시작하는 친구의 개업식에 참석해서 축하하는 일이 그 하나고, 두 번째는 대장암 수술로 투병하며 치료를 받고 있는 친구를 위로하기 위함이다. 둘 다 방향이 같은 쪽이라 한방에 두루두루 일을 보려는 조금은 속 보이는 일정이라 미안하기도 하지만, 우리도 다들 바쁜 사람이라 애써 변명하며 분주한 발길을 옮긴다.

일단 모이면 시끄럽다. 경상도의 억센 발음은 20여 년의 서울 생활에도 잘 고쳐지지 않는다. 어찌하랴, 운명인 것을. 또 우리는 우리의 운명을 지독하게 사랑하지 않는가!

먼저 친구의 개업 집으로 향한다. 먼저 온 친구들이 자리를 잡고 앉아 먼저 소주잔을 돌리고 있다. 반갑게 악수를 하며 인사를 나눈다. 언제 봐도 반갑고 흐뭇한 얼굴들. 악수를 하기 위해 손을 내미는 것, 마음을 전하는 일이다. 함부로 할 수가 없다. 마음을 싣는다.

자리를 잡으면서 서로서로 개인적인 안부를 물어 가며 숨 돌릴 틈도 없이 건네지는 술산을 얼띨결에 받아 목을 축인다. 빈 시도를 타고 흐르는 짜릿한 고통! 정이 담뿍 담긴 우직한 손으로 건네주는 잔이라 그 속에 담긴 소주보다 더 투명한 어떤 담백한 감정까지 녹아 있는 것 같다. 잘 구워 놓은 삼겹살 한 점과 묵은 김치를 둘둘 말아 입으로 가져간다. 맛있고 좋다. 잔을 건넨다. 술을 권하고 무얼 또 주워 먹을까 잠시 고민하는 3초간의 시간! 어김없이 잔이 돌아온다.

숨 쉴 틈도 주지 않는다. 나쁜 놈들이다. 한 잔이라도 더 못 먹여 안달을 하는 나쁜 놈들이다. 나쁜 놈들이 주는 잔이라 빨리 해치워 버리고는 다시 딴 친구에게 잔을 건넨다. 이후로 이런 단순한 반복이 열댓 번 진행된다. 다들 얼큰하게 붉어진 얼굴에 우렁찬 목소리로 대화를 나눈다.

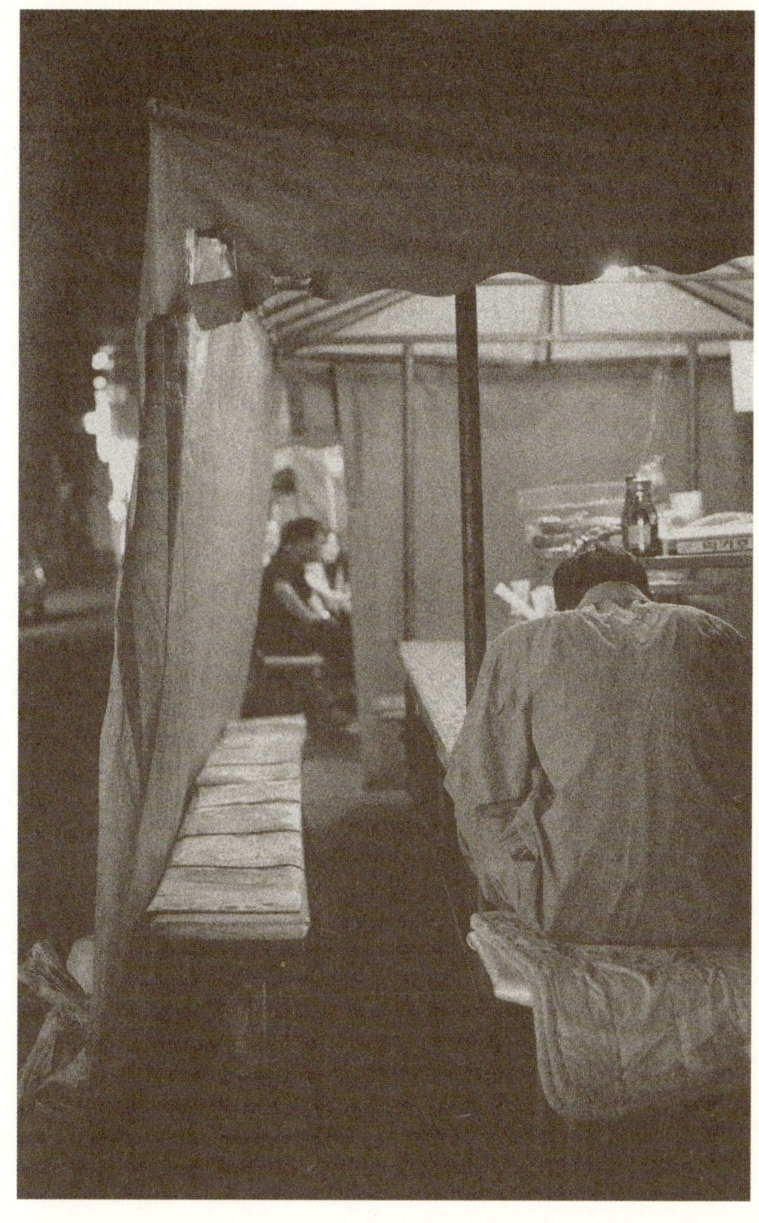

소주를 마신다는 것은 무엇을 뜻하는 것일까?

나는 마음의 그림자를 지우는 일이라고 생각했다. 오늘 하루의 온갖 부끄러움과 온갖 비굴과 모든 굴욕을 싸그리 태우는 자조自嘲의 숭고한 몸짓이라고 나는 생각했다.

그렇게 몇 잔 마시고 나면 쥐꼬리만한 용기의 노란 꽃이 피어나 그것이 꽃다발이 되어 그것을 스스로에게 선물하는 가당찮은 상황극 한 편이 벌어지는 것이다.

작고 쓸쓸한 혼자만의 축제, 그 축제에 몇몇이 끼어들면 그런대로 즐길 만한 소박한 축제로 의미가 약간은 증폭되지만, 대개 열에 일곱은 개판으로 끝나기 마련이다.

그래서 쓸쓸한, 그래도 포기할 수 없는, 사랑하기에 증오할 수밖에 없는 소주는, 그래서 가장 마음이 착한 사람들의 가장 값싼 마약이라서, 그 중독성은 제법 강하다.

그리고 나는 나를 위로한다.

소주 한 잔에도 창발성創發性의 개념을 도입하는 여유가 필요하다고, 비록 똥 누고 매화타령을 하더라도 말이다.

밖은 이미 어둠이 짙어지고 있다.

그 어둠의 빛깔처럼 어려운 시절들이다.

소주 한 잔에도 힘을 실어 주며 마음을 담아 술을 따른다.

그날 개업한 친구도 어려운 시간을 지나 지금까지 왔다.

밥 먹고 산다는 것이 녹록하지가 않다. 사람답게 산다는 것은 더더욱 어려운 일이다.

열심히 살아야 하리라, 누구도 그렇게 겉으로는 말하지 않지만 분연히 마음을 다지며 친구를 응원한다.

다시 길을 나선다.

일산의 백병원으로 간다. 대기업에서 간부 진급을 눈앞에 두고 있는, 죽자고 일만 했던 친구다. 늘 호탕하게 웃으며 친구들의 그림자처럼 든든하게 뒤를 지켜 주던 친구다.

반갑게도 얼굴이 밝다.

일찍 병을 발견하고 신속하게 치료를 진행해서 경과가 좋다고 한다. 그렇게 웃으면서 말하지만 그렇다고 마냥 장담하고 있을 수만은 없다는 것을 우리는 다 알고 있다. 그러나 우리는 아무 일도 아니라며, 지금 당장 옷 갈아입고 한잔하러 나가자며 호들갑을 떤다. 덕분에 경비 아저씨의 겸손한 저지에 이끌려 로비로 추방을 당한다.

아무리 소곤거려 봤자 우리는 경상도의 무식하고(?) 단순한(?) 의리의 사나이들로 목소리가 크다.

똥 잘 누고, 밥 잘 먹고, 잘 자면서 생활하라는, 아주 기초적이고 상식적이고 실생활에 별 도움이 안 되는 시시껄렁한 건강 상식을 들먹이며, 소박하지만 따끈한 병문안을 한다.

준비해 간 음료수를 서로 나누어 마시며 다들 손을 한 번씩 잡는다.

건강 관리 잘해라. 너도, 임마!

사나이들의 애매한 애정 표시는 이렇듯 늘 어눌하기만 하고 허술하기만 하다.

　포장마차에서 다시 술 한잔을 나누며, 깊어 가는 가을과 깊어 가는 어둠을 본다.

　살아가야 할 길은 멀다.

　다시 생각한다. 반드시 가야 할 길, 거부하지는 않으리라. 같이 가자, 친구야!

　우리는 늘 시작이다.

　그리고 우리는 늘 새로운 가능성이다.

승리자에게 모든 것을

경수는 소아마비입니다.

경수는 키도 크고 다리도 늘씬한데, 한쪽 다리가 짧아서 심하게 몸을 흔들며 걸어 다닐 수밖에 없습니다.

그러나 경수는 자신의 그런 처지를 하나도 부끄럽게 생각하지 않았고, 남들보다 더욱 씩씩하고 활달했습니다. 축구는 누구보다도 잘했습니다.

공을 몰고 가다 급하면 까치발로 겅중겅중 뛰면서까지 남에게 뒤지지 않았습니다.

남자아이들끼리 '깔래기'를 할 때도 아무도 무서워하지 않았고, 오히려 경수를 피하는 아이들이 더 많았습니다.

깔래기는 그야말로 맨몸으로 아이들을 걷어차는 전투적인 놀이입니다.

경수는 아마 다리가 괜찮았다면 유명한 축구 선수가 되어서 이름을 날리는 것은 물론 많은 돈을 벌고도 남을 아이였습니다.

한 달에 한 번씩 반 대항 달리기 시합이 있었습니다.

각 반에서 선출된 아이들이 반의 명예를 걸고 뜀박질을 하는데, 일등이라도 한다면 그 아이는 한 달 동안 영웅 대우를 받았습니다.

달리기 시합이 있을 때마다 경수는 열심히 응원을 했고, 간혹 우리 반이 일등이라도 했을 때는 자기 일처럼 좋아하며 아이들의 어깨와 다리를 두드려 주었고, 누구보다도 먼저 주전자를 들고 가서는 시원한 물을 나눠 주곤 했습니다.

한 학년을 마무리하는 십일월의 달리기 시합이 있던 날, 선생님은 충격적인 발표를 했습니다. 이어달리기 마지막 주자로 경수가 뛴다는 것이었습니다.

아이들도 놀랐지만 정작 크게 놀란 것은 경수 자신이었습니다.

경수는 한사코 사양했지만 어쩔 도리 없이 선생님의 명령에 순순히 따랐습니다.

여기저기서 아이들의 불평이 터져 나왔지만 선생님은 개의치 않았습니다.

달리기가 시작되었습니다.

예상대로 3학년 2반이 일등으로 치고 나가기 시작했습니다.

우리 4반은 이름 그대로 네 번째로 달려가고 있었습니다.

주자가 바뀌어도 상황은 그대로였습니다. 그러나 세 번째 주자가 바통을 이어받았을 때는 다행히도 삼등으로 앞서 나가는 것이었습니다.

아이들은 흥분하기 시작했습니다.

우리 반은 삼등만 해도 괜찮은 성적이었기 때문입니다.

경수가 마지막 바통을 이어받았습니다.

아이들은 숨을 죽이고 그 광경을 바라보고 있었습니다.

경수는 심하게 몸을 흔들며, 평소보다 더욱 심하게 몸을 흔들며, 이빨을 꽉 깨물고, 젖 먹던 힘을 다해 뛰고 있는 모습이 우리들 눈에 선연하게 보였습니다.

삼등으로 뛰어가는 경수 뒤로 다른 주자들이 우르르 몰려들었습니다.

대단한 혼전이었습니다.

아, 그런데, 결승점을 십오 미터 정도 남겨 두고 혼전 중이던 네 명의 선수가 하나같이 모두 꽈당, 넘어지고 말았습니다.

휴지 조각처럼 나뒹굴었습니다.

넘어진 아이들이 다시 일어나 뛰기 시작했습니다.

경수도 벌떡 일어나 뛰기 시작했습니다.

그러나 남은 거리가 너무 짧았고, 가속을 붙여 따라가기에는 경수의 다리가 너무 불편했습니다.

우리 반은 꼴찌를 했습니다.

일등을 한 반 아이들의 함성 속으로 우리 반 아이들의 아쉬운 탄성이 버짐처럼 피어났습니다. 의기양양하게 자기 반으로 돌아가는 아이들의 뒷모습을 보며 경수는 결승 지점 근처에 퍼질러 앉아 머쓱하게 웃고 있었습니다.

어쩜 미안한 마음에 울고 있었는지도 모를 일이었습니다.

선생님께서 천천히 운동장으로 걸어 나갔습니다.

퍼질러 앉은 경수의 어깨에 팔을 두르고 우리가 앉아 있는 스탠드로 천천히 걸어오기 시작했습니다.

경수는 고개를 푹 숙이고 순한 송아지처럼 뚜벅뚜벅 걷고 있었습니다.

바로 그때였습니다.

누군가가 박수를 치기 시작했습니다.

달리기 시합에서 우승한 2반의 선생님이었습니다.

박수 소리가 천천히 옆으로 옆으로 번져 가기 시작했습니다.

떠들썩한 자축의 함성을 멈추고 다른 반 아이들도 그 고사리 박수의 대열에 합류했습니다.

그리고 우리 반 아이들은 한 명 두 명 차례로 걸어 나가 경수를 맞으며 악수를 청했습니다.

나머지 아이들은 순서를 기다리며 박수를 치고 있었습니다.

아이들의 박수 소리에 은행나무 잎들이 우수수 떨어지며 장단을
맞추었습니다.

박수 소리는 오랫동안 끊어지지 않았습니다.

화끈 딸기를
위하여

저는 이제부터 '못난이 토마토' 가 아니에요,
무엇이든 열심인 '화끈 딸기'가 될 거예요.
그림도 많이 그리고 맑은 하늘도 많이 바라보면서,
그리고 그 하늘을 오래 바라보며 살아가면,
제 꿈이 고스란히 제 곁에 남아 나는 더 이상 울지 않아도 되겠지요.

눈이 부신 사람들

비가 오면 밥맛이 없다.

그래서 가끔씩 자장면을 먹는다.

그러나 그것도 이제는 말끔히 버려야 할 호사스런 취미가 되고 말
았다.

그날도 비가 오는 날이었다.

늦은 점심을 해결하기 위해 중국집으로 스멀스멀 기어 들어가 자장
면을 시키고는 신문에 코를 받고 있을 때였다.

채소 행상이라도 하는 걸까, 비를 맞은 채로 남루한 차림의 중년
아저씨 한 분과 그의 아들쯤으로 보이는 알머리의 어린 학생이 그림
자처럼 들어와 자리를 잡았다.

그리고 자장면 곱빼기 두 개를 당당하게 주문하는 것이었다.

뒤이어 아저씨는 음식이 나오기를 기다리며 소주 반병을 주문했다.

시장 좌판처럼 반병을 팔지 않는데도 불구하고 아무 소리 하지 않
고 술을 내어놓는 주인의 무뚝뚝한 인심이 넉넉하게 가슴에 전해져

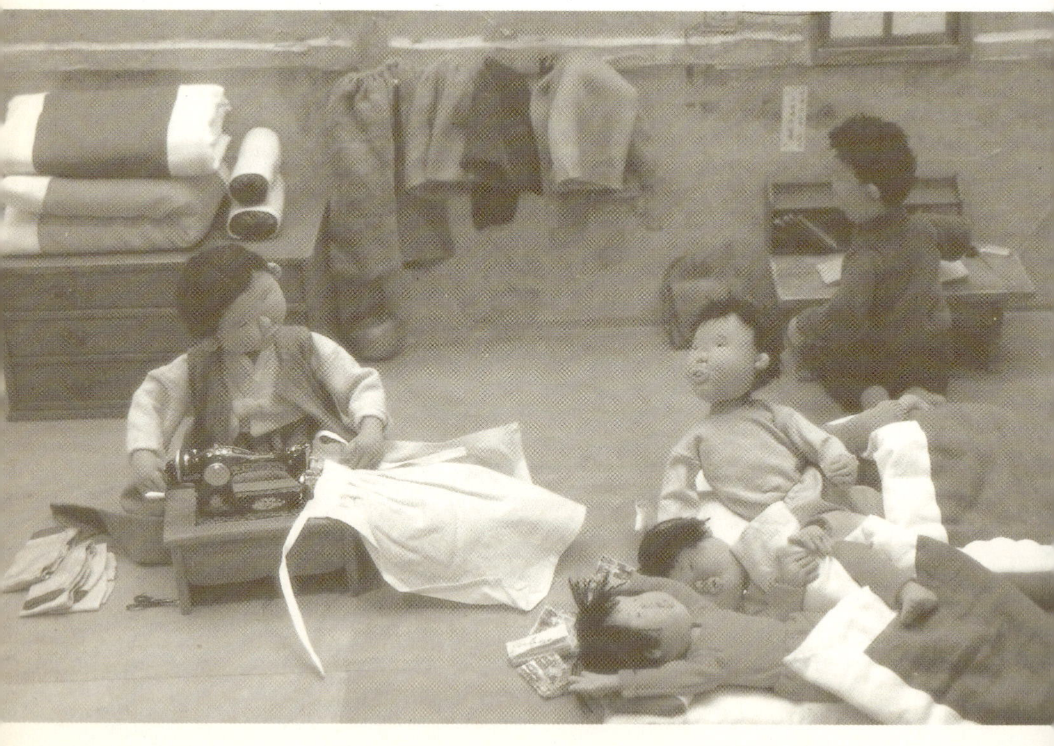

왔다.

보일 듯 말 듯 씨익 웃는 그 웃음의 의미를 아는 사람은 알리라.

소주를 따르고 조심스럽게 잔을 들어 고개를 천천히 젖히며 아저씨는 그 소주를 아주 맛있게 마셨다.

그러고는 양파 한 조각을 집어 그 어떤 훌륭한 안주보다도 맛있게 아작아작 씹어 댔다.

예쁜 감꽃을 씹는다 한들 그보다 경쾌한 소리가 났을까?

턱을 괴고 앉아 그 모습을 바라보던 알머리 아들이 웃으면서 물었다.

아버지, 맛있어? 머리에선 김이 모락모락 피어오르고 있었다. 추웠나 보다.

아버지는 사람 좋게 씨익 웃으며 아들을 내려다보았다.

그래, 무지무지 맛있다. 이놈아! 그래, 한잔 부어 봐!

아들은 좋아라 하며 얼른 아버지의 잔에다 소주를 정중하게, 그리고 조심스럽게 따르는 것이었다. 그러고는 자신도 단무지를 그 긴 것가락으로 집어 아버지처럼 아주 맛있게 오물오물 씹어 먹는 것이었다.

니가 오늘 뒤를 밀어 주어서 아주 쉽게 일을 끝낼 수 있었다. 비 맞았으니 감기 걸리지 않도록 뜨거운 물을 마시도록 해라. 애야! 그리고 오늘 자장면 먹은 건 엄마한텐 비밀이다, 알았지?

눈이 부신 광경이었다.

짬뽕 국물만큼 맵고 뜨거운 풍경이었다.

나는 자장면을 먹다 말고 자리에서 일어섰다.

비를 맞으며 천천히 사무실로 돌아오며 오래오래 고개를 들지 못했다.

나는 생각했다.

자족自足의 기쁨은 누가 선물하지도 않지만 스스로 만들어 내기도 힘들다는 사실, 그래서 자족의 의미를 깨달았을 땐 이미 그것은 저만치서 다시 그 존재를 희미하게 드러내고 있을 거란 사실이었다.

나아가 자족은 완전한 객체로서 자아에 몰입해 행위만 고스란히 남는 것을 의미한다는 사실이었다.

다만 자족은 황홀하나 자아도취의 경계를 분명히 짚고 넘어서야만 한다는 사실을 잊어서는 안 될 것이었다.

똥 누고 매화타령 하더라도 냄새는 사라지지 않을 것이다.

자족은 우리가 보기에 조금 씁쓸하고 건조하며 거칠더라도 나름의 기품과 고고함은 어떤 형태로든 반드시 내포하고 있다.

이미 그것은 표현의 문제가 아니다.

그렇지만 왜 나의 만족에는 돈 냄새가 날까?

나의 소박함의 논리에는 왜 돼먹잖은 먹물의 거만함이 배어날까?

나의 어쭙잖은 성실과 겸손에는 왜 기만의 비린내가 날까?

나는 내 몸이 물음표로 휘어지는 기이한 경험을 그날 겪었다.

그리고, 너는 아직 멀었다고, 나는 내게 조용히 말했다.

꽃들에게 희망을

시를 쓴다고는 하지만, 정작 시를 잘 못 쓰는 가난한 아버지가 있었다.

시 쓰는 시간보다 산책하고 생각하며 술 마시는 시간이 더 많았다.

콩밭 끝머리에 앉아 하늘을 바라보거나 논과 논 사이의 도랑에 발을 담그고 꽁초를 맛있게 피우며 들판의 끝을 오래 바라보는 것이 생활의 전부이다시피 했다.

마을 끝, 양철 지붕으로 지은 집의 대문 옆에 딸린 작은 방에서 아버지와 아이는 살았다.

주인 할머니도 혼자 사셔서 넓다면 넓다고 할 그 집은 조용하기만 했다.

할머니의 주인 행세는 조금 매웠다.

시끄러운 것은 질색이었고, 어지럽히는 것을 무엇보다 싫어했다.

그렇지만 반찬 인심은 후해서 라면만 끓여 먹어도 김치며 시금치며 장아찌 등등이 밥상 위로 올라와 국물에 찬밥을 말아 먹으면 훌륭한 성찬을 즐길 수 있었다.

이 집 저 집 옮겨 다니면서 눈치를 키워 온 아이는 오랜만에 정착한 이 편안하고 조용한 집에서 쫓겨나기가 싫었다.

아버지와 돌아가며 하는 설거지도 조용조용, 설거지가 끝나면 뒷마무리도 깨끗깨끗, 물도 아껴야 했기에 여간 신경이 쓰이는 것이 아니었다.

그러나 아이는 아버지와 함께 있는 게 너무 행복했다.

어디에 있는지 모르지만 가끔씩 엄마가 보내 주는 얼마간의 돈이 수입의 전부였지만, 두 사람은 가난을 모르고 살았다.

아버지가 설거지를 하는 날이었다.

어린 아들은 아버지 옆에 쪼그리고 앉아 조용히 숨을 고르고 있었다.

주인 할머니는 툇마루에 앉아 담배를 피우고 있었다.

툇마루와 부엌문 사이에는 샐비어를 심은 화분이 몇 개 있었다.

주인 할머니는 평소에 화분을 잘 돌보지 않았다. 고추나 심을 걸,

하며 툴툴거리기만 했다.

아버지 옆에 잠잠히 앉아 있던 아이가 바가지에 물을 떠 그 물을 철철 흘리며 화분에게로 다가갔다. 아버지는 기겁을 하며, 그리고 낮고 단호한 목소리로 아이를 나무랐다.

야, 임마! 장난하지 마!

아버지의 애처로운 염려를 뒤로하고 아이는 태연하게 걸어가며 무심코 대답했다.

아냐 아빠, 꽃들도 목이 마를 거야!

아버지는 설거지하던 손을 멈추고 하늘을 올려다보았다.

할머니도 어이가 없는지 피식 웃으시며 방으로 들어가셨다.

비실비실 웃음이 새어 나왔다. 약간의 마른 눈물과 함께였다.

아버지는 생각했다.

이것이 오늘 나의 돈오돈수頓悟頓修가 아니겠는가.

저 아이의 희망이 나의 절차탁마切磋琢磨가 아니겠는가.

대기만성大器晩成은 버린 지 오래가 아니었는가.

그래, 시는 당분간 때려치우고 돈이나, 아니 돈이라도 벌어야겠다.

파란 하늘로 비행기가 날아가고 있었다.

화끈 딸기를 위하여

......

저는 이제부터 '못난이 토마토'가 아니에요.

무엇이든 열심인 '화끈 딸기'가 될 거예요.

그림도 많이 그리고 맑은 하늘도 많이 바라보면서,

그리고 그 하늘을 오래 바라보며 살아가면,

제 꿈이 고스란히 제 곁에 남아 나는 더 이상 울지 않아도 되겠지요.

방학이 끝나고 다시 학교로 돌아가면 키 작은 코스모스들이

올망졸망 피어 있겠지요.

그 모습을 보는 것도 좋지만 사실은 선생님을 만나는 것이 더 좋아요.

이만 줄이겠습니다.

밥 많이 먹고 오래오래 사세요.

맞춤법도 글자도 엉망이지만(위의 내용은 읽기 쉽게 고쳐 쓴 것이다), 따
뜻한 정감이 냇물 흐르듯 젖어 있는 이 맹랑한 편지는, 재활 학교 선

생님으로 근무하는 내 친구 유 무시기에게 보낸 스물두 살 먹은 제자
의 편지다.

'못난이 토마토'나 '화끈 딸기'란 말도 너무 재미있지만, 밥 많이 먹
고 오래오래 사시라는 가장 한국적인 마지막 인사가 가슴에 긴 여운
을 남긴다.

내 친구 유 선생이 그 학교의 발령을 받고 첫 출근을 했을 때 웃지
못할 해프닝이 있었다고 한다.

수업을 하기 위해 교실로 들어갔는데, 이 화끈 딸기 아가씨가 그
친구에게로 다가와서는 대뜸 팔목을 잡고 같은 반 아이들에게 소리
치더라는 것.

이건 내 꺼야. 절대 건드리지 마! 알았지?

나이는 스물둘 이었지만 정신 연령은 여섯 살이었다는 것이다.

욕망으로서의 소유가 아니라 사람을 그리워하는 무소유의 욕망을
나는 거기서 보았다.

그곳은 숲 속 외딴곳에 있는 학교라고 했다.

사람도 잘 찾아오지 않고, 바람과 하늘, 구속이 없는 들새들, 그리고 지상으로 유배되어 온 천사들만이 서로 마음을 의지하고 사는 조그만 섬 같은, 아니 사람들에게 잊혀진 섬이라고 했다.

마음이 너무 여리고 착해서 숲에서 사는 아이들, 사람들을 보기가 너무 수줍어서 자신들만의 수줍음 없는 동네에서 서로 모자라는 부분을 채워 주며 사는 사람들, 그들이 다시 우리들 마을로 돌아와 우리와 같이 살았으면 좋겠다고, 나는 나지막이 기도했다.

우리들의 민간요법

“우리 누님이 확실히 사람이 달라졌어!”

“왜요?”

윤갑 형님의 표정이 도저히 종잡을 수 없다. 불가사의한 사건을 앞에 둔 중세의 수도사들과도 같은 표정이다.

윤갑 형님은 세상을 사랑할 줄 알고 사람을 아낄 줄 아는 사람이다. 어렵게 자라면서 험한 꼴을 많이 보고 자란 탓도 있지만, 독학으로 자수성가한 성실함이 그를 그렇게 만든 모양이다. 조금은 비관적이고 조금은 삐딱한 인생관을 가질 만도 하건만 정반대의 성향을 가진 걸 보면, 그 형님의 근기가 참으로 수승한 모양이다.

맺고 끊는 게 너무 확실해서 가끔씩 근본(?)을 의심해 보기도 하지만, 그것도 남에게 피해를 끼치지 않음과 동시에 상대방의 실수를 미연에 방지하고자 하는 세심한 배려라는 것을 그를 좀 아는 사람들은 금방 수긍하게 된다.

“우리 누님이 말이야, 사십이 넘도록 시집을 안 갔는데 말이야, 글쎄, 늦바람이 들어 시집을 가더니 완전히 사람이 달라졌단 말이야. 만날 신경질만 부리고 결벽증에 가까운 까탈스런 성미하며 웃는 모습 한 번 보인 적이 없는, 그야말로 별명이 '찬바람'이었거든. 그런데 시집을 가더니 완전히 달라졌단 말이지. 잘 웃고 잘 먹고 사람하고 이야기하기 좋아하고, 기타 등등 기타 등등. 달라져도 이만저만 바뀐 게 아니라서 솔직히 내가 적응이 잘 안 된단 말이야. 사람이 바뀌어도 그렇게 바뀔 수가 있냐 말이야."

"잘됐네, 뭐."

"그렇긴 한데, 이거 도저히 이해가 안 되는 것도 사실이란 말이야. 어떻게 이해를 해야 하지?"

잠자코 이야기를 듣던 영감 형님이 슬그머니 끼어들었다.

"간단한 이야기를 뭘 그리 심각하게 생각하고 그려? 그게 말이여, 바로 가죽침의 효과라는 거여. 자고로 음양의 조화가 그러한 법이거든, 순리를 따르면 역행하는 법이 없다네. 말이 났으니 말이지 가죽침이 놀라운 무기여!"

영갑 형님은 자리를 털고 일어나 표표히 화장실을 향해 백전노장의 걸음을 옮기기 시작했다.

그가 남긴 두어 번의 헛기침이 윤갑 형님의 이마를 사정없이 후려치고 있었다……

밤 기차를 타다

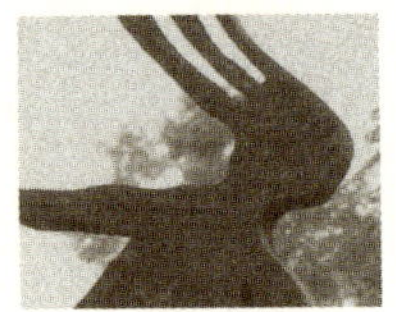

옥 선생님은 그의 성씨처럼 눈이 맑고 마음이 투명한 사람이다.

키가 크고 목도 길어서 사슴을 연상시키기도 하고 난초를 보는 것 같기도 하다.

대학 시절 만난 첫사랑인 남편과 오래오래 연애를 하고 당연히 그렇게 결혼을 해서 오늘날까지 면면히 역사를 이루어 온 옥 선생님은 도대체 악의라곤 없어서 농담이라도 할라치면 금방 얼굴이 빨개지곤 해 도무지 상대가 되지 않는 사람이었다.

덜렁덜렁한 남편과 계집애처럼 순한 아들과 사는 옥 선생님은 그래도 백전노장 아줌마랍시고 온갖 불평에다 수다로 해가 지는 줄도 모르고 스트레스를 풀 줄도 안다.

비가 오는 날 커피집에서 아줌마 특유의 센티멘탈과 멜랑꼴리에 젖어 망연히 음악에 취해 있던 옥 선생님이 문득 건너편에 앉아 있던 봉순 씨를 향해 말문을 열었다.

나, 어떻게 결혼한 줄 알아?

당연히 모르지.

대학 이학년 때 미팅에 갔는데 글쎄, 이 남자가 내 파트너가 됐어.

본론부터 얘기해.

얼마나 나를 따라다녔는지 알아?

확인할 수가 있어야지. 백이면 백, 다 그렇게 이야기하던 걸!

정말이야.

계속해 봐.

대학 졸업하는 날 첫 키스 했어!

궁상떨고 있네, 그 나이에 겨우?

멋있지 않아?

그렇다고 치고, 그 다음은?

그 다음이라니?

첫 경험 말이야, 언제야?

옥 선생님의 얼굴이 발그레해졌다.

애는, 별걸 다 묻고 그래.

조사하면 다 나와, 빨리 불어 봐!

봉순 씨가 호기심이 발동하는지 채근을 했다. 잠시 망설이던 옥 선생님은 식은 커피를 홀짝 마시고는 자세를 고쳐 앉았다.

그이가 군대를 가기 전날이었어. 하염없이 걷다가 또 걷다가 거길 들어갔었어. 호텔! …… 어쩌구저쩌구, 쫑알쫑알, 미주알고주알…… 그이가 돌아누운 나를 두고 미안하다는 말을 하는 게 아니겠어? 내가 얼마나 놀랐는지 알아? 이젠 끝이구나 싶었지. 나는 남자들이 다 그렇다는 말을 들었거든. 자기 욕심 채우고 나면 제 갈 길 휑하니 가 버리는 도둑놈들이라구 말이야. 눈물이 앞을 가리는 거야. 잠시 담배를 피우던 그이가 다시 말을 걸었어. 아프지 않았냐구, 그래서 미안하다고 말이야. 나는 그 이후로 열심히 면회 가고 편지 쓰면서 뒷바라지 잘 해서 국토방위의 의무를 다하는 데 크게 일조를 한 셈이지. 나, 장하지 않아?

놀고 있네, 아줌마! 아주 싸구려 영화 한 편을 찍었네 그려! 관객은 두 명뿐!

그건 그렇고 봉순 씨는 어디까지 갔어?

옥 선생님은 새우 눈을 뜨면서 봉순 씨에게 기습적으로 물었다. 얼떨결에 봉순 씨는 대답했다.

응, 저기, 밤 기차 타고 부산까지 갔었어!

봉순 씨의 엉뚱한 대답에 옥 선생님은 자지러지게 웃고 말았다.

그렇게 마른 눈물이 나게 웃고는 찻집의 창문을 망연히 바라다보았다.

바람이 불고 있었다. 옥 선생님은 생각했다.

그래, 바른 마음이 정한 대로 몸을 움직여야지 몸이 원하는 대로 마음을 부추겨서는 안 돼. 그것을 상기시키듯, 저 필생筆生의 바람이 펄럭이고 있네!

이미 창문 밖은 거친 세상이다. 그러나 지금 내가 앉아 있는 이 찻

집은 그대로 우리들의 낙원이다.

옥 선생님은 늘 지금의 그 자리에 서 있기로 자기 자신에게 굳게 다짐했다.

가을 나그네

내 빈손으로 내리는 햇살 한 줌처럼 그대는 이제 조그마한 빛으로 내 가슴에 남아 있네.
바람이 불어 나뭇잎 쓸려 가면, 텅 빈 거리 야윈 나무처럼 추억은 남아 몸살을 앓겠네.
구겨진 휴지처럼 혼자 남은 내 모습. 내 안식의 휴지통은 어디에 있나!
가끔씩 비가 내려 젖은 마음 더 무거울 때, 바로소 길을 떠나는 가을 나그네.

정선 가는 길

＊

내 인생의 강호江湖에서 나의 무협적武侠的 필살기必殺技는 게으름이다. 정선에서 나는 가장 게을러진다. 그것이 가장 성실한 방법이기 때문이다.

철은 강해도 소리 없이 녹스는 법이다. 그렇지만 정선에서는 시간을 의식하지 못할 정도의 투명한 평화가 사방에 널브러져 있어 망각과 체념이 새로운 에너지로 재생되는 기이한 체험이 자주 일어난다. 나는 그것이 일상화가 되기를 간절히 희망하며 실현이 되도록 노력한다.

그래서 나는 '불타는 무욕無欲'이란 말을 좋아한다.

＊

정선에는 가짜가 많다. 오일장 이야기다. 그래서 정선을 사랑하려면 정선의 외곽을 사랑해야 한다. 정선은 늘 핵심을 비켜 간다. 그래서 에둘러 느리게 다가가야 한다. 정선은 조금 겸손하다. 절대로 비굴하지 않기 위해 산을 오르고 물에 잠긴다. 침묵은 주식이고 호흡은

간식, 배설에는 냄새가 없다.

※

딸의 시, 제목은 개구리.

개구리들아,
너희들의 입에는
백 개의 스피커가 있나 보다.

정선에 가면 침묵이 일반적이므로 나는 늘 이 시를 생각한다.

※

이등병 때, 비 맞으며 오줌을 눌 때, 나는 가장 외로운 사나이였다.
풀들이 따뜻한 표정을 지으며 나를 올려다보았다.

정선에 오면 외롭다. 그 외로움들이 서로 몸을 비비며 열을 낸다. 절정에 다다르면 마음은 따뜻해진다.

사람은 가장 외지外地에 있을 때, 가장 깨끗해진다.

*

최고의 비밀은 가리지 않아도 보지 못하는 것이고, 감추지 않아도 알지 못하는 것이다.

장자에 나오는 말이다.

정선은 이 말이 어울리는 곳이다.

*

프리모 레비는 말했다.

"괴물이라는 것이 분명히 있기는 하다. 그러나 그 수가 많지 않아 위험하지는 않다. 실제로 위험한 것은 아무런 의문을 품지 않고 무조

건 믿고 행동하는 평범하고도 기계적인 인간들이다.”

개는 두려울수록 자주 짖는다. 그래서 깊은 잠이 없다. 개의 운명을 닮은 사람들이 수두룩하다.

이런 글을 읽은 적이 있다.

“프랑스의 우파는 영국의 좌파보다 더욱 좌파적이다.”

정선의 풍경은 다소 좌파적이다. 평등을 지향하기 때문일 것이라고 나는 항변한다. 심지어 서로 겸손하려고 악을 쓴다고 나는 단정해 버린다. 우파는 더욱 우파답게, 좌파는 더욱 좌파답게 살아가면 결국은 죽이 되든 밥이 되든 하나의 먹을거리는 될 수 있을 것이다. 엿장수 마음대로라지만 그것마저도 못한다면 어떻게 자기 인생의 주인공이 될 수 있겠는가!

*

정선에서 영화배우 폴 뉴먼의 한마디를 떠올리는 것은 지극히 당연하다고 나는 생각한다.

"내가 속한 계급의 배신자가 되더라도 부자의 감세 정책에 나는 반
대요. 나처럼 부유한 사람들에 대한 감세는 범죄와 다를 바가 없소.
우리는 지금도 이미 충분히 사치스럽게 살고 있소."

정선에서는 세금을 막 내고 싶다.

공기를 마시는 세금, 흐르는 물에 발 담그는 세금, 새털구름과 바
람을 희롱하는 세금, 그리고 사람을 그리워하는 죄를 저지른 세금을
가장 많이 내고 싶다.

✳

정선의 어느 막걸리집에서 우연히 동석한 스님과 시시껄렁한 잡담
을 나누다가 나는 문득 이런 생각을 했다.

중생衆生으로 사는 것이지만 중생中生이고 싶다.

그러나 그것이 얼마나 어려운 일인가?

그냥 중생衆生으로 사는 것이 가장 슬기롭다.

✳

가급적 병원은 말고 집에서 죽고 싶다.

할머니는 그렇게 말했다.

친구의 장례식에 참석하러 원주에 다니러 오신 막걸리집에서 만난
할머니의 말이 처연했지만 맑았다. 막걸리 한 잔을 오래오래 마시고
탁자에 잔을 내려놓는 탁! 소리가 아직도 귀에 쟁쟁하다.

이승과 저승의 경계를 허무는 둔중한 죽비 소리였다.

✳

정선의 밤은 맑고 투명하다. 이마를 때릴 듯 쏟아지는 별빛은 먹어
도 먹어도 씹어도 씹어도 바닥을 드러내지 않는 화수분의 영양식이다.

브레히트의 말이 비집고 들어온다.

　부정에 항거하는 투사가 패배해도 부정이 옳은 것은 아니지 않은
가. 우리들의 패배가 증명하는 것은 우리들의 숫자가 너무 적다는 것
이다.

　정선에서는 사람이 없을수록 좋다. 패배의 기회가 적어지기 때문만
은 아니다. 가급적 문제를 만들지 않고 그냥 존재하기만 바란다.

　그래, 하나는 외롭지만 둘은 이미 귀찮아지는 법이다.

＊

　정선의 강물은 껌 좀 씹었던 아이처럼 톡, 톡, 튄다. 그렇지만 결코
성급하게 나아가는 법이 없다. 감꽃이 톡, 떨어지듯 언젠가 떠나리라
기다릴 줄 안다. 맑고 깊은 것은 시간이 가져다주는 선물이다. 정선
에는 기다리는 사람이 많다. 그것이 시간이든 물건이든 중요한 것이
아니다. 마지막 버스는 오지 않는다.

＊

말 한마디로 무한한 전체를 말하는 것을 선禪이라고 이른다면 정선은 반은 먹고 들어가는 곳이다. 그것도 바른 선이라면 또 반을 먹고 들어가는 곳이다. 근데 정선旌善이다. 그것도 괜찮다. 굳이 해석한다면 착한 깃발쯤으로 할까, 꿈보다 해몽이다.

*

그저 책을 읽는 것에만 열심인 헛된 공부를 하는 나와 같은 사람은 정선에 가면 자신 속에 숨어 있는 다른 자신을 볼 수 있을 것이다. 하기야 세상이 어디 정선 아닌 곳이 있으랴. 다만 자신이 다다르고자 하는 하나의 상징이 나에게는 정선이라는 말이다.

누구나 가슴속에는 북극성과 같은 하나의 별이 떠 있어서 자신을 비추어 준다. 그것이 정선의 다른 이름이다.

정선은 사람들의 마을을 뜻한다. 거기로 떠나리라.

말, 말, 말

육체는 슬프다. 아! 그리고 나는 모든 책을 읽었다.
말라르메의 시 〈바다의 미풍〉의 첫 구절입니다.
이것이 나의 필생의 화두입니다.

　산길을 걷다가 나무를 감싼 칡넝쿨을 칼로 잘라 주며, 성불해라,
말씀하신 구산九山 스님의 맑은 정신은 나른한 오후의 권태에 찌든 나
를 지극하게 자극합니다. 자기 자리를 찾지 못한 뒹구는 돌 하나도
제자리에 갖다 놓는 작은 마음 씀씀이에서 나는 우주의 질서를 느낍
니다.
　흐르는 물의 진로도 사람의 편의대로 바꿀 수는 없다는 구산 스님
의 행동에서 나는 사소함에서 비롯되는 위대한 사람들의 섬세함을
배웁니다.
　아홉 개의 산을 지고 메고 다니느라 키가 작을 수밖에 없었다는,
명색이 큰스님이 그렇게 작으시냐는 절 귀신 보살님들의 애정 어린

힐난에 구산 스님은 허허롭게 웃으며 그렇게 답했다고 합니다. 산이 열 개도 아니고 아홉 개라는 이유가 나는 아직도 궁금합니다. 구절양장九折羊腸이나 구곡간장九曲肝腸이나 구만리九萬里라는 말에서 유추하듯 무릇 중생의 아픔을 헤아리는 스님의 염원이 내재된 법명이 아니었나 싶습니다.

마음을 떠나 마음을 관조하는 일이 어디 쉬운 일이겠습니까만 조금만 자신에게서 비켜나면 누구에게나 보일 것입니다, 마음이.

그렇지 않다면 스님들의 조용한 고무신 발자국을 따라가다 보면 그 끈의 흔적 정도는 만질 수 있지 않을까 나는 믿어 의심치 않습니다.

고무신 끄는 소리든, 혹은 풍경을 흔들고 지나가는 바람 소리든, 마음에 흔적을 남기는 어떤 소리를 각자 마음속에 하나라도 간직하고 있다면, 아마 그 사람은 이미 훌륭한 한 분의 스승을 모시고 있다는 증거일 것입니다.

마음을 바라본다는 것은 자신을 조용히 바라보는 것이며, 아울러 자신을 사랑하는 일일 것입니다.

세상은 때론 환상과 신비와 기적이 필요한 법입니다.

그것은 사막의 오아시스입니다. 잘 익은 찐빵의 단팥입니다.

질기고 질긴 십문칠의 검정 고무신입니다. 고무줄 튼튼한 팬티입니다.

신비나 환상, 기적이란 것들이 평범하고 순수한 인간들의 희망의 다른 이름, 의지의 다른 표현임을 나는 믿습니다.

정도를 지나치지 않는 그런 것은 도박이나 사행 심리는 절대 아닙니다.

삶에 너무나 지쳐 세상의 울타리를 훌쩍 뛰어넘을지도 모를 사람에게는 환상이나 기적은 또 하나의 생명의 처방전이 될 수도 있겠지요.

그것이 반드시 물질적인 것만은 아니니까요.

초자연적인 현상은 말 그대로 자연의 법칙에서 어긋난 것입니다.

그러므로 지금의 능력이나 상황보다 더 나은 상태로의 수직적 전환이나 신비로만 취급하지 않았으면 좋겠습니다.

도저히 받아들이기 힘들 정도의 가장 낮은 곳으로의 추락에서 서서히 비상하는 그런 인간적인 신비나 기적, 의지로 완성시킨 환상을 우리는 진정 창조할 수 없는 걸까요?

마른 꽃잎 지고 있는 저 쟈스민처럼 / 이 탐욕과 증오심으로 하여금 / 그대에게서 영원히 떨어져 나가게 하라 / 는 법구경의 경구는 새벽까지 날을 세운 비수입니다.

스물여섯에 요절한 볼프강 보르헤르트라는 독일의 젊은 작가를 나는 기억합니다. 수백만의 목숨이 스러져 간 전쟁의 폐허에서도 그는 희망을 예견했습니다. 완전한 절망의 끝에서 바라보는 희망은 새벽의 강철과 같은 이미지로 우리의 이마를 서늘하게 적십니다.

그의 〈이별 없는 세대〉라는 산문의 한 부분을 잠시 옮깁니다.

우리는 서로 만남도 없고, 깊이도 없는 세대다. 우리의 깊이는 나락과도 같다. 우리는 행복도 모르고, 고향을 잃은, 이별이 없는 세대다.

우리는 이별이 없는 세대다. 우리는 이별을 체험할 수도 없고, 또 체험하지 않아도 좋다. 우리가 자칫 발길을 잘못 두면 거리를 헤매는 우리의 가슴에는 영원한 이별이 못 박아지기 때문이다. 정말이지 아침에 이별을 보게 될 하룻밤을 위해서 우리의 가슴은 얼마나 조마조마해야 할 필요가 있는가?

우리는 이별을 극복할 것인가?

그대들, 우리와는 다른 그대들처럼 이별을 겪으면서, 그대들과 같은 이별을, 그때마다 우리가 맛보려고 한다면, 우리의 눈물은 어떠한 독도, 그 독이 설령 우리 조상이 쌓은 것이라 해도 결코 막을 수 없는 홍수로 흘러넘치게 할 것이다.

그대들 체험한 것처럼, 1킬로미터마다 우리를 기다리고 있는 이별을 일일이 체험할 힘이 우리에게는 없다. 우리의 가슴이 침묵한다고 해서 우리 가슴이 말할 소리가 없다고 해서 그대들, 말하지 마라.

그러나 우리는 미래가 있는 세대다. 어쩌면 우리는 새로운 생활, 별의 세계로 가려는 세대일 것이다. 새로운 태양 아래에서 새로운 가슴을 가지려고 하는 희망의 세대다. 아마도 우리는 새로운 사랑, 새로운 웃음, 새로운 신에 대해서 넘치는 희망을 갖고 있는지 모른다.

우리는 이별이 없는 세대, 그러나 우리는 모든 미래가 우리의 것이라는 것을 알고 있다.

석두 희천 스님에게 한 사람이 공손하게 물었습니다.

어떤 것이 해탈입니까?

누가 너를 속박했느냐?

어떤 것이 정토淨土입니까?

누가 너를 더럽혔더냐?

그럼 어떤 것이 열반입니까?

누가 너에게 생사를 주었더냐?

어떤 객승이 남양 혜충 스님에게 물었습니다.

중생과 부처는 다릅니까, 다르지 않습니까?

어리석으면 다르고 깨달으면 다르지 않다. 물이 얼면 얼음이 되고 녹으면 다시 물이 되듯이, 어리석으면 얼어붙은 중생이지만, 녹으면 부처니라.

선지자 바울이 고린도의 한 교회에 보낸 편지글에서 그리스도와 가장 닮은 모습을 그렸다는 한 문장을 빌립니다.

'근심하는 자 같으나 항상 기뻐하고 가난한 자 같으나 많은 사람

들을 부요^{富饒}하게 하고 아무것도 없는 자 같으나 모든 것을 가진 자
로다.'

    말에서 자유로워질 때, 나는 진정 자유를 얻을 것입니다.
    그러나 과연 가능할까요?
    차라리 침묵을 택하겠습니다.
    무지도 하나의 지식이며 침묵도 하나의 언어라는 문장이 문득 떠오
릅니다.
    그리고 나는 이렇게 출싹거립니다. 용서하지 마십시오.
    차라리 인두로 지져 버린다면 그것이 아마 빠를지도 모르겠습니다.
    아으, 중생이여!

알머리의 추억

1.

중학교 때 우리는 알머리로 학교에 다녔다.

공부도 공부지만 놀기에 더 바쁘고 목소리도 변해 가던 사춘기, 그 이름만으로도 즐거운 시절이 아니었을까?

남녀 공학인 학교에다 장미꽃이 교화校花였다.

우습게도 그 조그마한 촌구석에 장미꽃이 만발한 학교라, 안 어울려도 보통 도를 넘는 것이 아니겠지만, 때가 졸졸 흐르는 아이들의 모습이 눈에 선해 생각만 해도 즐거워지는 학교.

촌놈 출신에 할 일이 없어 떠밀려 서울에 사는 주제에 개폼이나 잡고 세련을 떨려는 나의 알량한 자존심 뒤에는 함부로 무시할 수 없는 그런 엄청난 배경이 있다고 자부하는 터이다. 객지살이하는 나로서는 그것이 치명적인(?) 장점이라고 나는 믿는다.

하루는 체육 시간을 마치고 부랴부랴 얼굴을 씻고 다음 시간을 준비해야 했다.

서두르기는 했지만 미처 남아 있는 더위까지 씻어 내지는 못했다.

국어 선생님이 들어오시고 인사를 받은 다음 아이들을 한 번씩 둘러보는데, 제일 앞에 앉은 조그만 친구의 알머리에서 아직도 김이 모락모락 피어오르고 있는 것이 아닌가.

회심의 미소를 지으며 국어 선생님께서 말했다.

"야! 너 똥구멍에 불 땠나?"

2.

교장 선생님은 유난히 잔소리가 많았다.

넉넉하지 못한 농촌 살림에 잘 먹지도 못해 빈혈이 많았던 시절이기도 했다.

그래서인지 길고 긴 월요일의 아침 조회 시간이면 쓰러지는 아이들이 자주 있었다.

뜨거운 아침 태양이 알머리 위로 쏟아지고 있었으니 아직은 어린 학생들이 견디기에는 힘에 부치는 것이었다. 쓰러진 아이를 안고 양호실로 뛰어가는 선생님의 등 뒤로 교장 선생님의 칼칼한 목소리는 하늘의 복음처럼 퍼져 가고 있었다.

체력을 길러야 돼요. 그래야 우리나라가 튼튼한 나라가 되고 세계의 모든 사람과 어깨를 나란히 하게 된다 이 말입니다. 체력이 국력이란 말도 있지 않습니까? 에, 또……

3.

등교할 때, 머리가 길다고 삼학년 형들이 교문 앞에서 교칙 위반으로 무더기로 잡혔다. 생활 지도 선생님은 '바리깡'으로 앞으로 뒤로, 귀 옆에서 귀 옆으로 십자로를 개설해 놓았다.

그리고 굴비 엮듯 한 줄로 세워 교실마다 들러 머리를 기르면 이렇게 해놓겠다고 엄포를 놓고는 히죽히죽 웃으며 또 다른 교실로 이동을 했다.

그 다음날이었다. 제 딴에는 반항을 한답시고 한 녀석이 아예 면도날로 머리를 박박 밀고서 등교를 했다. 선생님이 조용히 그 애를 불러 앉혔다.

야, 이놈아! 니가 장가를 가서 저녁에 퇴근을 했는데, 니 아들놈이 이렇게 머리를 빡빡 밀고 너를 맞이하면 기분이 좋겠냐, 안 좋겠냐, 응? 내가 지금 그런 심정이다, 이놈아!

그 녀석은 교무실을 나와 운동장을 가로질러 가며 하늘을 올려다보았다. 밉기도 한 선생님이었지만 선생님의 애정에 가슴이 뭉클해지는 것이었다.

하늘에 정말이지 새털구름이 지랄맞게도 앙증스럽게 깔려 있었다.

그 녀석은 바로 나였다.

4.

운동장 끝에는 커다란 철봉에서부터 손을 뻗어 점프를 해야만 닿을 수 있는 높은 철봉까지 다섯 개가 있었다. 아이들 사이에서는 그즈음, 철봉 위에 서서 균형을 잡고 누가 멀리 가나 내기가 한창이었다.

그날은 공교롭게도 같은 일학년 남녀 두 반이 공동 수업을 하게 되었는데, 그런 와중이었으니 철봉 멀리가기는 그 분위기가 극에 달한 느낌이었다. 도전자 모두가 세 개쯤 가서는 균형을 잃고 뛰어내리곤 했는데, 한 친구가 그날은 컨디션이 좋은 모양이었다.

철봉을 세 개를 지나 네 개째에 도달하고 보니 거기에 모여 수업 준비를 하고 있던 모든 남녀 학생의 시선이 그 친구에게로 집중되었다. 그것을 의식했는지 이 친구가 조금 긴장한 모양이었다. 아니나 다를까, 균형을 잃고 떨어지는데, 아니 그건 떨어지는 게 아니라 미끄러진 것이었는데, 글쎄, 철봉을 가운데 두고 이쪽 다리와 저쪽 다리가 서로 엇갈리는 것이 아닌가.

바닥으로 떨어진 그 친구가 외마디 비명과 함께 사타구니에 손을 쑤셔 박고 뒹굴고 있는데, 여학생들 모두가 얼굴을 봉숭아 빛으로 물

들여 가며 하나같이 고개를 들지 못하더라는 이야기.

절뚝거리며 등교하는 그 친구를 두고 여학생들 사이에는 두고두고 많은 이야기가 떠돌았다는데, 그 친구는 이후로 오줌을 누는 것은 물론 장가가서 애 낳는 데는 절대 지장이 없을 거라는 양호 선생님의 자상한 진단을 받고 다시는 철봉 근처에 가지 않았다는 후문이 아직까지 전해 오고 있다는데…….

작은 새에게도 날개는 있다.

밤바다에서 희망을 줍다

바다는 동해가 제격이다.

바람 부는 바다는 더욱 장관이다.

짓이겨진 파도들이 서로의 등을 밟아 가며 일어서는 바다는 치열하다.

서로 밟고 일어서지만 무질서하지 않고, 끝내 죽지 않고 퍼뜩퍼뜩 일어서는 파도의 푸른 성욕.

그러나 파도는 자기를 다스려 빨리 쓰러질 줄 알고 쓰러진 동료들과 어울려 어깨동무를 하고 물러난다.

그런 파도의 아픔과 겸손을 모래가 안다.

무수한 일어남과 쓰러짐의 배경에서 그 아픔은 저렇게 잘게잘게 부서져 그 찬란한 분열의 역사를 낮게 드리우고 있다.

광기 없는 청춘을 누가 감히 청춘이랄 수 있겠는가!

패배하지 않는 청춘은 없다.

패배는 또 다른 패배를 약속하지만, 그 패배는 평화를 낳는다.

이런 내면의 전쟁을 치르지 않는 청춘은 고무줄 없는 팬티다…….

나는 이런 생각에 잠기며 오래 밤바다를 노려보고 있었다.

먼 바다 위로 정박 중인 배들의 불빛이 함초롬하게 빛나고 있었다.

수면 바로 위에 떠 있는 별빛과도 같았다. 일렁이는 파도에 산산이 쪼개지며 별이 별을 낳고 있었다.

여자 친구가 다가왔다.

무슨 생각을 그렇게 심각하게 해?

생각? 생각은 무슨…….

그럼 뭣 때문에 이렇게 오래 서 있는 거야?

나는 천천히 대답했다.

오줌 눴어! 태평양을 향해 오줌 누는 기분, 의외로 괜찮은데. 너도 눌래?

주먹이 날아왔다.

……바다는 잠들지 않는다.

가을 나그네

1.

　내 빈손으로 내리는 햇살 한 줌처럼 그대는 이제 조그마한 빛으로 내 가슴에 남아 있네.

　바람이 불어 나뭇잎 쓸려 가면 텅 빈 거리 야윈 나무처럼 추억은 남아 몸살을 앓겠네.

　코 푼 휴지처럼 혼자 남은 내 모습, 내 안식의 휴지통은 어디에 있나!

　가끔씩 비가 내려 젖은 마음 더 무거울 때, 비로소 길을 떠나는 가을 나그네.

2.

　저 작은 마을의 저녁연기 갈대숲 지나 머리 풀고 떠나는 영혼과 같네.

　물새들 울음도 떨어지지 않는 어두워 오는 하구에서 강 건너 도시의 불빛 바라보면 문득, 명멸하는 네 얼굴.

　나는 네 이름을 천천히 불러 보았다.

그 닿소리 홀소리 산산이 부서지며 바람에 날려 가고 희귀한 동물처럼 나는 강물의 흐름을 따라 걷고 있었다.

돌아오지 않을 강물 같은 나의 현주소, 가을은 점점 자기의 중심으로 깊어져 가고, 그리움의 여문 씨앗 같은 가을 나그네, 나의 신원증명서.

3.

떠나는 것은 나에게 돌아오는 것이다. 저 바람과 구름이 그런 것처럼.

떠나는 것은 내가 죽고 새로 태어나는 것이다.

저 가을날 낙엽과 풀들이 그런 것처럼.

즐겁다, 이 사랑스러운 고통을 위해 저 먼 길 훌훌 나서는 것은.

그대 사랑했으므로 절대로 울지 않는 법이다.

찬물 한 그릇에 밥 말아 먹고 푸른 마음으로 떠나는 하얀 가을길이다.

그대를 위해 떠나는 것은 영원히 그대를 소유하는 것이다.
저 들판과 하늘이 늘 풍요로운 것처럼 말이다.

부치지 않은 편지

1.

사람들은 누구나 춥다.

그리하여 마음속에 하나씩 램프가 켜진 통나무집을 꿈꾸며 산다.

거기에서 차를 마시며 그리운 이름들을 하나씩 호명해 보라.

새살이 돋는 가려움, 가벼운 갈증 끝에 그대가 비로소 나의 최후의
배경이 된다.

2.

너는 흔한 눈물과 아픔을 극복한 시월의 달빛처럼 맑고 쓸쓸하다.

나는 아직도 너의 곁으로 가지 못하고 서성이고 있다.

나의 본질은 늘 너에게로 기울어지고 있다.

3.

창과 방패가 항상 공존하는 나의 내면이 너무도 미웠다.

풍향계처럼 내 주위만을 맴돌았다.

우유부단한 우울한 독재자였음을 솔직히 고백하지 않을 수 없다.

다만, 조그맣고 예쁜 꽃 한 송이를 낳고 싶었다.

4.

바다로 내리는 눈송이들처럼 내 사랑이 그저 부질없는 몸짓이거나 무수한 반복으로 끝나는 미완성이라도 나의 인내는 안과 밖이 존재하지 않는 뫼비우스의 띠, 절망을 거부하는 건전한 무지無知와 다를 바가 없었다.

사랑은 다만 나만의 권력, 타인의 추종을 불허하는 독선이었다.

그리고 스스로 유배를 자청하는 하심下心이었다.

5.

당신이 행복하지 않으면 나는 끝내 죽을 수 없다.

이것이 나의 좌우명, 혹은 종신 서원, 혹은 묘비명이다.

6.

인간의 마을에서 그대를 위해 한 점 불빛으로 남고 싶다.
바람이 불어도 흔들리지 않으리라.